1268

Das Buch

Mama ist tot, Thea bleibt zurück. Für sie war Mamachen in den letzten Jahren alles – und nun ist nichts mehr? Das kann nicht sein, denn Mamachen, als Oma Annerose später Star der Fernsehserie »Die Schmidts«, hinterlässt neben einer großen Lücke einen Haufen ungeordneter Papiere und Fotos. Und ein Testament, das sich für Thea, immerhin selbst schon fast siebzig, als große Überraschung entpuppt. So muss sie sich nach der Entrümpelung der Wohnung auf den Weg in das Doppelleben ihrer Mutter machen – mit reichlich verblüffenden Funden.

Fragwürdigen Trost spenden die Damen aus ihrem Literaturkreis, allesamt Originale mit ganz eigenen und im Zweifelsfall wichtigeren Problemchen, und einige Männerbekanntschaften aus dem Netz, denn Thea hat die Suche nach dem Richtigen noch nicht aufgegeben.

Herrad Schenk gewinnt einer unangenehmen Situation höchst unterhaltsame Seiten ab. Mit großer Sympathie zeigt sie eine lebenslange Tochter auf dem späten Weg ins eigene Leben.

Die Autorin

Herrad Schenk, geboren 1948, hat Wirtschafts- und Sozialwissenschaften in Köln und York (England) studiert und war wissenschaftliche Assistentin am Institut für Sozialpsychologie der Universität Köln. Sie hat zahlreiche Romane und Sachbücher veröffentlicht und lebt als freie Autorin in der Nähe von Freiburg. Zuletzt erschien bei Kiepenheuer & Witsch ihr Roman »In der Badewanne«.

Herrad Schenk

Mamas Vermächtnis

Roman

Kiepenheuer & Witsch

MIX
Papier aus verantwor-
tungsvollen Quellen
FSC® C083411

Verlag Kiepenheuer & Witsch, FSC® N001512

1. Auflage 2012

© 2012, Verlag Kiepenheuer & Witsch, Köln
Umschlaggestaltung: Barbara Thoben, Köln
Umschlagmotiv: © plainpicture/Readymade-Images
Gesetzt aus der Goudy Old Style
Satz: Buch-Werkstatt GmbH, Bad Aibling
Druck und Bindung: CPI – Clausen & Bosse, Leck
ISBN 978-3-462-04425-6

Inhalt

1.

Die Trauerfeier

Mama ist tot.

Sie war doch immer da. Unvorstellbar, dass sie mal nicht mehr da sein könnte. Gar nicht auszudenken. Mamalein, Mamachen! Thea würgte an einem Schluchzen, es hörte sich wie ein trockenes Schlucken an.

Die Trauerfeier war ein groteskes surreales Theaterstück. Doch Mama war wirklich tot. Tot hatte sie auf ihrem Bett gelegen, das seltsam groß wirkte, viel zu hoch, sie schien noch mal geschrumpft, bis auf die riesigen leeren Augen, die starr ins Nichts schauten. Jetzt befand sie sich da im Sarg auf dem Katafalk, Eiche barock, keine zwei Meter entfernt, auch der Sarg war zu groß für sie, und Thea konnte durch das Holz hindurch ihren Gesichtsausdruck sehen. Kränze und Blumengebinde, alles Schnickschnack, versöhnten sie nicht. Jemand sprach feierlich am kleinen Rednerpult neben ihr. Jetzt sei Gelegenheit zu Nachrufen gegeben, hatte die Trauerrednerin verkündet. Einen Pfarrer hätte Mama nicht gewollt, kein religiöses Ritual. Jedwedes weihevolle Gesäusel, auch weltlicher Natur, war ihr zuwider. Thea, stocksteif, stellte sich vor, wie sie von innen gegen den Sargdeckel klopfte, ungehalten.

Glaub nicht, du wärst mich los, nur weil ich gestorben bin!

Eine beeindruckende Frau mit einer einzigartigen Ausstrahlung. Ein ganz ungewöhnlicher Mensch. Eine großartige Persönlichkeit in einem zuletzt so fragilen Körper. Und jetzt? Was jetzt? Die schwere Zeit war vorüber. Würde sie aufatmen, wieder leben können? Sie war so schrecklich allein. War sie doch immer schon gewesen. Und ihr eigenes Leben nun fast vorbei.

Der da gerade redete, musste wohl ein Schauspieler sein, ein ehemaliger Kollege. Thea bekam nicht viel mit. Alles zerfloss. Von Beileidsbezeugungen bitten wir abzusehen. Sie hatte »wir« auf die Todesanzeige setzen lassen, obwohl es doch nur sie allein gab, die Vettern Wolfgang und Ulrich samt Ehefrauen zählten nicht wirklich. Nichtsdestoweniger war sie heilfroh, dass die jetzt rechts und links neben ihr saßen. Jochens Schwester Marga zählte erst recht nicht, und Margas Kinder, Theas angeheiratete Neffen und Nichten, selbst die Kinder von Ulrich und Wolfgang, hatten Mamachen überhaupt nur von Weitem gekannt. Sehr anständig, dass sie trotzdem gekommen waren, sogar die behinderte Irene. Doch eigentlich hatte es seit Anbeginn der Zeiten nur Mama und Thea gegeben, sicut erat in principio et nunc et semper et in saecula saeculorum. Sodass durchaus Grund zu Zweifeln bestand, ob es sie überhaupt ohne Mama würde geben können. Wenn dies nur schon vorüber wäre. Ulrich schaute prüfend zur Seite und fasste freundlich ihren Unterarm. Er hatte Mundgeruch.

Aus den Augenwinkeln konnte sie auf der anderen

Seite des Gangs, rechts schräg hinter sich, ein paar Frauen aus dem Literaturkreis sehen. Sie schienen alle da zu sein, und Thea konnte sie denken hören: Es war höchste Zeit, diese Mutter im Sarg war fast hundert, sie sollte erleichtert sein. Ihr selbst war mehr danach, sich gleich dazuzulegen. Zuletzt hatte sie wirklich geglaubt, dass Mama sie überleben würde. In einem halben Jahr würde sie siebzig sein.

Die Trauerfeier war Theater. Theater war Mamachens Metier. Wäre sie zufrieden gewesen mit dieser Aufführung, in der sie als Hauptperson nur eine stumme Nebenrolle spielte? Unsäglich jammerte das Saxofon, das sie sich ausdrücklich gewünscht hatte, ein völlig unpassendes Instrument für eine Beerdigung, fand Thea, genau deswegen passte es zu Mama. Vor Jahren hatte sie mal gesagt, dass sie sich einen blauen Sarg wünsche, aber so was gab es nicht im Sortiment der Bestattungsfirmen. Die Glastür an der Längswand glitt lautlos beiseite. Nachtblau sollte er sein, mit kleinen silbernen Sternen, wie sie es auf einem mittelalterlichen Bild gesehen hatte, typisch Mama. Vier livrierte Träger fassten den gediegenen Sarg, herkömmlich hellbraun. Tut mir leid, Mamachen!

Sie folgten zu dritt. Vetter Ulrich rechts, unangenehm wehte sein fauliger Atem um Theas Nase, Vetter Wolfgang links, mit entleerten feierlichen Mienen beide, hakten sie beruhigend unter, erst der eine, dann der andere. So viele Menschen. Sie hatte sich nicht klargemacht, dass ihre Mama vor wenigen Jahren noch eine öffentliche Person war. Sie sollte sich jetzt zusammennehmen, denn alle

11

würden herschauen, sie musste noch eine halbe Stunde am offenen Grab die Stellung halten, dann war es endgültig vorüber, und das neue Leben begann. Sie brauchte einen Kaffee, vielleicht sogar einen Schnaps. Auch Ulrich sollte einen Schnaps nehmen, um den Mundgeruch zu überdecken.

Während der Trauerfeier hatte es geschneit. Thea konnte den sanften, weichen Flocken durch die große verglaste Seitenwand beim Fallen zuschauen, das war tröstlich, irgendwie beschwichtigend. Nun, da sie aus der Kapelle traten, brach die Sonne durch die Wolken, und auf einmal sah der alte Friedhof ringsum verklärt und feierlich und abermals ganz unwirklich aus, als sie sich um die schwarze Grube gruppierten. Abschiedsgala für Mama.

Sie registrierte aus den Augenwinkeln die Menschenmenge, die sich immer noch den Hang zum Grab hinaufschob, sogar mit Blumen in der Hand.

Was wollte dieser Mann von ihr? Dieser melancholisch blickende Hüne im schwarzen Hut, langem schwarzen Mantel, der, nachdem er sein Schäufelchen Erde auf den Sarg hatte rieseln lassen, nicht schweigend beiseitetrat, sondern auf sie zukam, ihre beiden Hände packte, wie im Schraubstock presste und sie dabei feuchten Auges fixierte? Sie hatten sich dergleichen doch ausdrücklich verbeten. »Ich bin Hinrich!«, murmelte er. Rat suchend blickte sie in die Gesichter der Vettern. Ulrich zuckte kaum merklich die Achseln, Wolfgang schüttelte sachte den Kopf, da war der zudringliche Mensch schon in der Menge verschwunden und tauchte auch später beim Mittagessen der geladenen Gäste nicht mehr auf.

»Sicher einer dieser unermüdlichen Verehrer deiner Mutter«, meinte Ulrich später. Er schien enttäuscht, dass das Fernsehen sich nicht mehr für Mamachens Beerdigung interessiert hatte.

2.

Die letzten Wochen

Mamachen hatte während des ganzen Winters an einer hart-
näckigen Grippe laboriert. Nachdem die Lungenentzündung überstanden war, murmelte Dr. Rackermann etwas
von spastischer Bronchitis. Waren es wirklich nur zwei,
drei Wochen gewesen, in denen sie so verfiel? Kein wirkliches Gespräch war mehr möglich gewesen.

»Wie geht es dir?«

»Gut«, nur so dahingesagt. Oder: »Geht so.« Oder:
»Siehst du ja selbst.« Was sonst hätte sie Thea auch antworten sollen.

»Was machst du heute?«

Nichts. Liegen, schlafen, dösen, ziellos herumlesen. Da
bleibt man doch zwangsläufig dem Vegetativen verhaf-
tet. Schlaf? Wieder lange wach gelegen. Appetit? Nein –
wenig – gar nicht. Schmerzen? Immer Schmerzen, mal
mehr – mal weniger.

Thea war jeden Tag, zuletzt auch während der Nächte,
bei ihrer Mutter gewesen, die sich mit Riesenschritten
entfernte. Jetzt war es also vorbei.

Manchmal waren bei Mamachen befremdliche Aggres-
sionen aufgeflackert, die sich immer gegen Thea, nie gegen Frau B. richteten, der gegenüber sie stets gleichmäßig

höflich blieb. Geschah das, weil sie sich von ihrer Tochter gegängelt, entmündigt fühlte? Auch Thea war dann nicht immer ruhig geblieben. Sie gifteten einander an, ein kurzer dramatischer Auftritt mit funkelnden Augen, gepressten Stimmen, um kurz darauf beide verstört innezuhalten. Thea schämte sich umso mehr, als der Kampf so ungleich war und sie spürte, dass Mamachens Wut nicht wirklich ihr galt. Sie wütete gegen die Hilflosigkeit. Nichts mehr allein machen zu können, sich immer helfen lassen zu müssen, dazu die Angst: Welche Schrecken warten noch? Wie wird das Ende sein?

Nach der Lungenentzündung, dem Krankenhausaufenthalt war sie nicht mehr richtig zu Kräften gekommen. Schlaff hing sie im Sessel, konnte sich kaum aufrecht halten und starrte das Telefon in ihrer Hand lange an, bevor sie sich aufraffen konnte, eine Nummer zu wählen. Manchmal vergaß sie darüber, wen sie hatte anrufen wollen. Sternstunden, wenn ein seltener Energieschub zum Verfassen einer Briefkarte ausreichte. Ihre früher so schön geschwungene, klare Handschrift jetzt krakelig, kaum zu entziffern, rauf und runter, gezickelt, gezackelt, klitzeklein.

Anfangs hangelte sie sich noch mühsam allein vom Sofa über den Sessel und die Stuhllehne zur Türklinke, von da am Fenstersims entlang zum Klo. Dann brauchte sie Hilfestellung und Stütze bei jeder dieser Etappen – nicht zuletzt, dachte Thea grimmig, weil sie sich hartnäckig weigerte, Stock oder Rollator zu benutzen. »Ich bin doch keine Krücken-Oma!«, empört. Inzwischen hätte ihr auch ein Stock keinen zuverlässigen Halt mehr gegeben.

Nach dem Sturz konnte sie sich ohne Hilfe kaum mehr

durch die Wohnung bewegen, die Spaziergänge draußen hatten sie längst eingestellt. Am Ende verbrachte sie den größten Teil des Tages auf dem Sofa liegend. Von Zeit zu Zeit entglitt ihr das Buch, das sie in der Hand hielt. Dann schreckte sie hoch: »Denk nicht, ich hätte geschlafen! Ich habe nachgedacht.« Sie brauchte das wohl mehr für sich, als um Thea zu täuschen.

Kleinste Handreichungen erschöpften sie. Aus tiefen Sesseln konnte sie sich allein nicht mehr aufrichten. Manchmal staunte Thea darüber, wie lange sie es überhaupt noch ohne Hilfestellung in ihr Bett geschafft hatte. Sie war durch die Osteoporose so geschrumpft, dass sie sich qualvoll recken musste, um mit dem Po die Bettkante zu erreichen. Die Beine seitlich nachzuziehen, erwies sich als schwierigstes Unterfangen. War ihr das keuchend gelungen, blieb sie lange über der Bettkante hängen, zappelnd wie ein unglücklicher Käfer, eine gefährliche Balance, bis sie wieder genug Kräfte gesammelt hatte, sich vom Bettrand in die Mitte zu schieben. Thea lebte in beständiger Angst, sie könnte bei dieser Prozedur aus dem Bett kippen.

Mamachen mühte sich ab und kämpfte. Manchmal gab es noch kurze Augenblicke, in denen ihr alter Witz aufblitzte, ihre Fähigkeit zur Selbstdistanz. »Der Doktor denkt, sie ist perdü, aber nein, noch lebet sie«, begrüßte sie Dr. Rackermann bei seinem letzten Besuch und kicherte. Doch als er sich auf ihren Ton einließ – »Ich sehe, es geht Ihnen wieder besser, notieren Sie sich jetzt schon mal, dass ich zu Ihrem hundertsten Geburtstag eingeladen werden will« –, da verdüsterte sich ihr Gesicht. »Larifari, Firlefanz, Sie brauchen mir nichts vorzumachen.«

Gegen Abend bildeten sich hektische rote Flecken auf ihren Wangen und ihre Atemnot, das panische Keuchen, nahm zu. Wie fest sie Thea manchmal am Arm packte, Halt suchend! Als konzentrierte sich der ganze Rest ihrer Lebenskraft in diesem klammernden Griff. Was will sie mir noch sagen?, dachte Thea, und manchmal auch, mit schlechtem Gewissen: Warum lässt sie nicht einfach los? Wann geht sie endlich!

Es gab so viel Unausgesprochenes zwischen ihnen. So vieles, das sie kaum zu denken wagte.

Wenn Mamachen eingeschlafen war und die Muskulatur um die Kiefer erschlaffte, lockerte sich unweigerlich der obere Teil der Vollprothese und rutschte ein bisschen nach vorn, dann bleckten sich im geöffneten Mund die künstlichen Zähne, viel zu lang und viel zu weiß für ihr kleines eingefallenes Gesicht. Ein Totenkopf, dachte Thea schaudernd. Diese tief in den riesigen Höhlen liegenden Augen, diese so hauchdünn gewordene papierene Haut, die den nackten Schädel überzog, seine Schutzlosigkeit betonend, und nur über den Wangengruben ziehharmonikaartige Falten warf. Was hält sie bloß noch hier? Sie zuckte schuldbewusst zusammen, wenn Mamachen ganz plötzlich die Augen aufriss, ihre sehr hellblauen Augen, und Thea fixierte mit einem Blick von weit her.

»Wie fühlst du dich heute?«

»Geht so. Aber es war eine grässliche Nacht. Ich liege wach und denke schlimme Dinge.«

»Was für Dinge?«

Mamachen holte tief Luft und sah Thea nur an.

Die ertrug das Schweigen nicht, wandte sich ab und

17

trat ans Fenster, schaute hinaus, Januar, Februar, häufig ein hoher blauer Himmel, frostiges Hellblau, kleine weiße Wölkchen, die wacker über die kahlen Platanen dahinmarschierten. Nur Kulisse, denn eigentlich gab es keine Welt außerhalb dieses Zimmers mehr. Sie fühlte Mamachens Blick im Rücken und wusste nicht, was sie ihr sagen sollte. Du weißt doch selbst, dass du stirbst. Hast du Angst vor dem Sterben?

Mamachens Aktionsradius schrumpfte jetzt mit der gleichen unheimlichen Geschwindigkeit, mit der sie an Gewicht verlor – man konnte förmlich dabei zusehen. Thea ertappte sich dabei, wie sie ihre schlafende Mutter belauerte. Vielleicht wird sie ja ganz ruhig sterben, sie wird einfach so in sich selbst versinken. Sie wird immer müder und müder und durchscheinender und leiser und leiser werden, bis sie eines Tages nicht mehr da ist. Sagte man nicht »verlöschen«? Sie wird weniger und dann ganz unsichtbar werden und sich in nichts auflösen. Vielleicht war das ein Wunsch. Und dass es jetzt, am Ende, schnell gehen sollte.

Nach der Rückkehr aus dem Krankenhaus schien Mamachen zunächst einigermaßen ruhig. Dankbar, wieder in ihrem eigenen Umfeld zu sein und einigermaßen befriedet, als sei sie bereit, den Dingen ihren Lauf zu lassen, ohne sich aufzubäumen.

Der nächtliche Terror begann erst nach dem Sturz. Bis dahin hatte sie eigentlich gut geschlafen, mithilfe eines – wie Dr. Rackermann versicherte – relativ sanften Schlafmittels. Doch dann stürzte sie auf dem Weg zur Toilette – wieder hatte sie sich allein auf den Weg gemacht, statt

Frau B. um Hilfestellung zu bitten! – und brach sich zwei Rippen. Die Frakturen drückten – so der Doktor – auf die Lunge und verursachten, im Verein mit der Bronchitis, Bedrängnis, Schmerzen, Atemnot. Er verschrieb Mamachen morphiumhaltige Schmerztabletten.

Sie zeigte kein Interesse mehr für politische Sendungen im Fernsehen und sie schrieb auch keine Briefe mehr. Thea wünschte sich fast, sie würde noch manchmal von ihren Liebesabenteuern und vergangenen Zeiten erzählen. Rede mit mir, dachte sie manchmal, so rede doch mit mir, irgendwas, wenn Mamachen nun fast den ganzen Tag apathisch auf dem Bett lag, vollständig angezogen, darauf legte Frau B. wert, ein Buch neben dem Kopfkissen.

»Soll ich dir was vorlesen?«

Mamachen sah mit einem abwesenden Blick durch Thea hindurch und schloss die Augen.

In den allerletzten Nächten war dann diese schreckliche Unruhe über sie gekommen. Thea übernahm die aufreibenden Nachtschichten, damit Frau B. sich tagsüber ausgeruht um Mamachen kümmern konnte.

Alle paar Augenblicke wurde sie von Mamachens Umtrieben geweckt. Nach dem ersten Gang aufs Klo, gegen elf Uhr, bei dem Thea sie stützte, fror sie und bat um eine zweite Decke. Um Mitternacht wollte sie sich das Hemd von der Brust reißen, weil es »zu eng« sei; wahrscheinlich war es das orthopädische Korsett darunter, das Beklemmungen verursachte. Dr. Rackermann riet daraufhin, es nachts wegzulassen – ohne es dürfe sie aber ganz bestimmt keinen Schritt allein tun, wegen der Gefahr eines neuerlichen Sturzes, schärfte er Thea ein, der unweigerlich weitere Knochenbrüche mit sich bringen würde. Wenn es gar nicht anders ginge, müssten sie Windeln benutzen. Die trug sie doch ohnehin schon. Um ein Uhr wollte sie schon wieder aufs Klo und auf dem Weg dahin sämtliche Fenster weit aufreißen. Um drei Uhr goss sie sich eine halbe Flasche Mineralwasser über das Bett – dabei war das Wasserglas auf dem Nachttisch noch gut gefüllt. Thea wurde vom Geräusch zersplitternden Glases aus dem Dämmern gerissen. Scherben zusammenkehren, Kissen austauschen, Deckbett neu beziehen und auf die andere Seite drehen, das Laken hatte glücklicherweise kaum etwas abbekommen, das Nachthemd wechseln. Um fünf Uhr musste Mamachen abermals zum Klo, wirkte danach aber ruhiger und fiel in einen tiefen Schlaf, während Thea wach lag, völlig ausgelaugt, wie durch den Wolf gedreht.

»Was war denn los in der Nacht?«

»Es war anarchisch«, nuschelte Mamachen. Vielleicht hieß es auch »archaisch«, man verstand sie so schlecht, wenn sie ihr Gebiss nicht trug. Jetzt beginnt sie, wirres Zeug zu reden, dachte Thea. Doch eigentlich trafen diese abstrusen Worte ziemlich genau die geisterhaften letzten Tage.

Trotz der wachsenden Belastung, trotz ständigen Schlafmangels hatte Thea bei Mamachen ausgeharrt, hatte sich immer wieder zur Geduld ermahnt, war nicht von ihrer Seite gewichen – bis auf ein paar Stunden zum Ausschlafen nach dieser einen besonders grauenhaften Nacht. Und genau diese kurze Zeit ihrer Abwesenheit hatte sich ihre Mutter ausgesucht, um zu sterben. Es fiel Thea schwer, dahinter keine Absicht zu vermuten.

3.

Der 90. Geburtstag

»*Wie wir altern*, ist das letzte große Abenteuer unseres Lebens«, hatte Mamachen an ihrem 90. Geburtstag verkündet. Das sprang Thea plötzlich wieder in den Sinn, während sie in der Küche angebrochene Lebensmittelpackungen, ohne sie einzeln näher zu besehen, in einen schwarzen Plastikmüllsack warf. Mit diesem Ausspruch war Mamachen anlässlich des runden Geburtstags in fast allen seriösen Blättern zitiert worden. Und eigentlich, dachte Thea, hat sie dieses Abenteuer, wenn man mal von der allerletzten Zeit absieht, ganz ordentlich bestanden.

»Die Schauspielerin Aimée Maquardt – mit bürgerlichem Namen Amalia Mackrodt – ist gestern 90 Jahre alt geworden. Die Geschichte dieser erstaunlichen Frau und beliebten Schauspielerin, bekannt geworden als Oma Annerose in der Fernsehserie ›Die Schmidts‹, deren eigentliche Karriere erst jenseits der 80 begann, ist die Geschichte des 20. Jahrhunderts«, hieß es im Feuilleton einer überregionalen Zeitung.

Mamachen behauptete gern, dass ihr Leben zwei Weltkriege umspanne – etwas hochstaplerisch angesichts der Tatsache, dass sie kurz vor Ausbruch des ersten Kriegs geboren war und während ihrer ersten vier Lebensjahre wohl kaum viel von der Zeitgeschichte mitbekommen hatte. Bei ihrer ungewöhnlichen Vitalität werde sie wohl noch lange vor der Kamera stehen, prophezeiten wohlwollende Kritiker anlässlich des 90. Geburtstags. Damals war auch Thea geneigt, das anzunehmen.

Milchreis. Spaghetti. Kakaopulver. Sie hatte gleich nach Mamas Tod, schon vor der Beerdigung, mit den Aufräumarbeiten in der Wohnung begonnen, zunächst nur halbherzig. Jetzt spürte sie wachsenden Widerwillen, verbunden mit dem dringlichen Wunsch, es zügig hinter sich zu bringen. Erst die Küche, das schien am einfachsten. Puddingpulver. Tütensuppen. Eigentlich hätte sie einige der Vorräte selbst noch verwenden und aufbrauchen können, doch irgendwie ekelte sie sich davor.

»Wie wir altern, ist das letzte große Abenteuer unseres Lebens«, hatte Mamachen also den Journalisten verkündet. Sie formulierte es nachdenklich, ein wenig zögernd, in die Mikrofone, als sei ihr dieser Gedanke eben erst gekommen. Dabei hatte sie den Spruch schon öfter zum Besten gegeben, wenn ihr philosophisch zumute war.

Ein paar Stunden zuvor allerdings, als Thea zum Frühstück kam, um ihrer Mutter zur Seite zu stehen – Besuch des Bürgermeisters, Anruf des Ministerpräsidenten, der Empfang, den der Sender für sie ausrichtete –, hatte Mamachen die Tür mit Leidensmiene geöffnet. Statt sich über die sündhaft teuren Rosen zu freuen, brach sie in Tränen aus. »Was soll Miss Sophie ohne James mit ihrem 90. Geburtstag?« Hatte sie dabei an ihren letzten Mann oder an einen ihrer Liebhaber gedacht? Sie schluchzte herzerweichend. »Mama«, mahnte Thea hilflos, »nun beruhige dich doch, Mamalein, jeden Augenblick wird der OB hier sein, und es warten schon Journalisten vor dem Haus.«

»Alle sind sie tot«, rief Mamachen schluchzend. »Ich weiß, ich sollte einfach nur dankbar sein, dass ich so alt geworden bin«, sagte sie und fügte rasch hinzu, »und natürlich auch darüber, dass es dich gibt.« Von einem Augenblick zum anderen gab sie sich einen sichtbaren Ruck, hörte zu weinen auf und redete ganz ruhig mit ihrer Fernsehstimme weiter: »Natürlich bin ich das auch. Ich habe viel Glück gehabt im Leben. Aber um meine Geburtstagstafel herum sitzen nur die Toten, und da ist niemand mehr, der mir hilft, sie in der Erinnerung lebendig zu halten.« Thea schien das ausnahmsweise keine Pose. Mamachen war tatsächlich Miss Sophie, hatte sie damals gedacht, und natürlich war sie, die einzige Tochter, kein annähernd tauglicher Ersatz für den treuen Butler James – obwohl sie doch auch immer ihr Bestes gegeben hatte. I'll do my very best. Das schlagartig zu begreifen, machte sie traurig. Mamachen hatte die Bewunderung ihrer Männer gebraucht wie ein Lebenselixier. Die der Tochter reichte offensichtlich nicht. Horst, ihr letzter Gefährte, hatte ihren Triumph nicht mehr miterlebt.

»Ich hasse Selbstmitleid«, sagte Mama leise – mehr zu sich selbst oder mehr zu Thea, die für das Publikum stand? –, während draußen der dunkle Mercedes vorfuhr, der sie zum Empfang bringen sollte. »Und natürlich habe ich keinerlei Grund zum Jammern. Ich bin eine glückliche Frau.«

Wenig später erzählte sie draußen auf der Straße dem Oberbürgermeister lächelnd, nachdenklich leise, dass das Alter ihr willkommen sei als das letzte große Abenteuer eines jeden Lebens. Die Journalisten standen mit gereckten Mikrofonen um die beiden herum, sie hatte sich wieder gefangen, ihr Make-up zeigte keinerlei Spuren von Tränen, die Kameras klickten und surrten. »Die Liebe«, setzte sie dann hinzu und gab ihrer Stimme dieses gewisse Timbre, »ist sicher das andere große Abenteuer, so lange sie dauert, doch zurückblickend – und glauben Sie, ich weiß, wovon ich spreche, junger Mann – erscheint uns manche große Leidenschaft unseres Lebens banal, ja manchmal kindisch, wenn nicht gar überflüssig und wie nichts im Vergleich zu diesem letzten Abenteuer.«

Der Oberbürgermeister, der die sechzig sicher überschritten hatte, aber nicht den Eindruck erweckte, auf die andere Sorte Abenteuer bereits verzichten zu wollen, lächelte geschmeichelt über Mamachens Anrede. Er reichte ihr den Arm, öffnete ihr galant die Tür zum Fond seines Dienstwagens, den er dann selbst etwas kurzatmig auf der anderen Seite bestieg, schäkernd, während Thea neben dem Chauffeur Platz nahm. Für Mama waren inzwischen auch die jungen Alten nichts als junge Leute. »Den jungen Herrn Maier«, pflegte sie damals ihren 70-jährigen Wohnungsnachbarn zu titulieren. Um ihn vom alten Herrn Maier zu unterscheiden, erklärte sie Thea unwirsch. Der war ein großer Fan von ihr und gerade im gesegneten Alter von 93 verstorben.

Die Journalisten, die sie an diesem Tag interviewten, überboten sich in Lobeshymnen auf Mamachens Vitalität und Haltung – ihre Contenance, hier und da fiel das altmodische Wort – und es traf zu, dachte Thea, der Mamachens Verzweiflung vom Morgen nun selbst nur noch theatralisch erschien. Die alte Dame hielt sich bis zum Ende des Empfangs vorzüglich, obgleich es ein schwüler Julitag war, der auch Jüngeren sichtlich zu schaffen machte. Thea konnte sie jetzt noch vor sich sehen, als sei es gestern gewesen, wie erstaunlich aufrecht sie zu Beginn des Empfangs ging und stand. Später hatten der Programmdirektor und der Regisseur auf Stühlen beharrt, und sie saß da und lächelte wie Queen Mom in die sie umgebenden Gesichter und Kameras. Luise, ihre Friseuse und Kosmetikerin, war morgens bei ihr gewesen; ihre Frisur schimmerte silbrig-weiß und hielt gut; nur Thea und Luise wussten, wie schütter ihr Haar in Wirklichkeit war. Ganz Grande Dame badete sie in den Huldigungen, die man ihr darbrachte. Falten, natürlich, doch sie kleideten sie, ebenso wie die tief liegenden, brennenden Augen. Das taubenblaue Kostüm stand ihr vorzüglich. Nur ihr Hals – »wie eine Galapagos-Schildkröte!«, hatte sie sich kürzlich bei Thea beschwert –, jetzt sorgfältig mit einem eleganten Seidentuch kaschiert, und die von der Arthrose verdickten Fingerknöchel verrieten ihr hohes Alter. Durch die sehr dünne, papierene Haut ihrer Handrücken schimmerten die wie schutzlos liegenden Venen, trotz der dicken Schicht getönter Hautcreme. Wenn Thea diese Hände betrachtete, war Mamachen ihr ganz nah und vertraut, doch es war wie ein verbotener Blick in einen intimen Bereich.

Woher nimmt sie bloß diese Energie?, hatte sie damals

gedacht, während Mamachen die vielen geladenen Gäste mit ihrer umwerfenden Präsenz, dem lebendigen Blitzen ihrer Augen, ihrem schnellen Mutterwitz bestrickte. Darf ich Sie mit meiner Tochter Thekla bekannt machen? Die fühlte sich grau und alt neben dieser Mutter, die meiste Zeit wie unsichtbar.

Doch abends dann, kaum dass Thea sie wieder nach Hause gebracht hatte, fiel Mamachen ganz plötzlich in sich zusammen. Klein und müde, um zwanzig Zentimeter geschrumpft, mit krummem Osteoporose-Rücken und erloschenem Blick hockte sie auf der Bettkante.

»Soll ich dir beim Ausziehen helfen?« Mamachen nickte, wortlos und ergeben.

»Ich hab so viel falsch gemacht im Leben«, murmelte sie kaum hörbar, als Thea sich verabschiedete.

»Was redest du, Mama?«, fragte Thea, die ebenfalls todmüde war und sich nach ihrem eigenen Bett sehnte. Mamachen reagierte nicht, sie hatte diesen nach innen gerichteten Blick, als ob sie Theas Anwesenheit gar nicht mehr bemerkte.

Als ob ich überhaupt nicht zählte, an diesem Abend, nach diesem Tag, hatte sie damals gedacht, sehr gekränkt. Sie warf Mamachens Lebensmittelvorräte in die schwarzen Restmüllsäcke, so schnell sie konnte. Sie wollte noch heute mit den Küchenregalen fertig werden.

4.

Das Wohnstift

Jetzt also den Nachlass angehen, am besten sofort, es gar nicht erst auf die lange Bank schieben, dadurch würde sie Abstand gewinnen, danach würde sie sich besser fühlen. Zwar war sie noch unschlüssig, ob sie die Wohnung verkaufen oder vermieten sollte – oder nicht überhaupt selbst hier einziehen?

Etwas länger als ein Jahrzehnt hatte Mamachen in der eleganten, hellen Dreizimmerwohnung gelebt, sie war nur ein wenig verwohnt, das kleine Arbeitszimmer hatten sie zuletzt zum Gästezimmer umfunktioniert, in dem die polnische Pflegerin wohnte. Es gab einen großen Balkon und, wichtiger noch, einen Aufzug im Treppenhaus.

Hier boten sich doch weitaus bessere Bedingungen für ihr eigenes Altern als in der dunklen Altbauwohnung, in der sie nach Jochens Tod allein zurückgeblieben war. So oder so, aufgeräumt werden musste, und Thea fühlte eine große Unruhe; sie konnte jetzt nicht tagelang beschäftigungslos zu Hause herumhocken. Wo beginnen?

»Dalli! Dalli!«, hörte sie Mamachen fröhlich rufen, »an die Gewehre, dawai, dawai! Sa rabotu!« – oder auch »Spude dich, Kronos!«, mit hessischem »t«, die ganze bunte Mischung.

Sichten und Ordnen. Die Beileidspost konnte warten, bis sie innerlich ruhiger geworden war. Wäre Mamachen noch beim Fernsehen gewesen, hätte sie sich bestimmt nicht retten können vor den mehr oder minder herzlichen Zeichen der Anteilnahme; sie brauchte nur an die Körbe von Post zu denken, die zu ihrem 90. Geburtstag eingetroffen waren. In den letzten Jahren war es merklich ruhiger um Aimée Maquardt geworden – ›Maquardt‹ bitte französisch auszusprechen, hörte sie Mamachens Stimme.

Ausmisten, Wegschenken, Wegwerfen. Frau Borodcziej hatte ihr, weil sie noch bis Ende des Monats bezahlt wurde, Hilfe beim Räumen angeboten, doch fremde Menschen waren das Letzte, was sie jetzt brauchte. Frau B. sollte am Ende gründlich putzen. Sie war rücksichtsvoll genug gewesen, noch am Tag von Mamas Tod aus dem Gästezimmer auszuziehen, und wollte bei einer Freundin wohnen, bis sie wieder nach Polen zurückmusste oder von der Agentur weitervermittelt wurde.

Im Wohnzimmer roch es nach Möbelpolitur und auch – ja, ein wenig modrig. Mamachen hatte schon länger nicht mehr in ihrem Lieblingssessel beim Fenster gesessen und »My home is my castle!« verkündet. Zuletzt war ihr Lieblingsspruch »Mein gutes Bett!«. Und ganz zuletzt hatte sie überhaupt nicht mehr viel gesagt.

Nachdem die Lebensmittel entsorgt waren, schien es am einfachsten, mit dem Bad weiterzumachen.

Eigentlich hatte sich Mamachen ja vor langen Jahren, mit 83, schon für ein Wohnstift entschieden. Nach dem Tod ihres zweiten Mannes war sie allmählich zu der Einsicht gelangt, dass sie jetzt älter werde und deswegen ihre viel zu große und überaus unpraktische Wohnung aufgeben solle, in der sie mit Horst gelebt hatte, und dass, wenn schon Umzug, dabei auch einer sich möglicherweise irgendwann mal einstellenden Hilfsbedürftigkeit Rechnung getragen werden sollte. Das Augustinum, mit dem sie liebäugelte – »überwiegend kultivierte Menschen dort, auch erfreulich viele Männer« – war für ihre Verhältnisse eindeutig zu teuer. Nach längerer Zeit der Suche, mit der sie Thea beauftragt hatte, freundete sie sich mit dem Evangelischen Wohnstift an, das gut geschnittene Appartements anbot, einen geräumigen Wohnraum mit Kochnische, ein kleines Schlafzimmer samt behindertengerechtem Bad plus WC, eben noch bezahlbar. Auf Wunsch täglich eine warme Mahlzeit im hauseigenen Restaurant, bei Bedarf Essen auf Rädern, Putz- und Handwerkerservice – und ambulanter Pflegedienst bei niedrigster Pflegestufe, natürlich zusätzlich zu bezahlen.

Das Badezimmer könnte sie an einem Tag schaffen. Früher war ihr gar nicht aufgefallen, wie viele Cremes, Pasten, Lotionen, Sprays hier versammelt waren, angebrochene Tuben, Döschen und Flacons, Mamachen verwendete noch in ihren letzten Lebensjahren mehr Kosmetikartikel, als Thea in ihrem ganzen Leben gebraucht hatte. All die Lockenwickler, Frisierumhänge, seidenen Morgenmäntel wirkten jetzt, anders als zu ihren Lebzeiten, völlig deplatziert, ungepflegt, ja verwahrlost. Dass sich eine so alte Frau noch mit diesem weiblichen Getüddel umgeben hatte, schlug Thea auf den Magen. Vielleicht hätte sie das Bad doch an Frau B. delegieren sollen.

Sie war damals zutiefst erleichtert gewesen, ihre alternde Mutter im Evangelischen Wohnstift gut versorgt zu wissen, auch wenn ihr klar war, dass sie sich an den Zusatzleistungen, wenn sie denn erforderlich würden, finanziell beteiligen müsste. Mamas Appartement hatte eine passable Aussicht, das Stift lag zentral, ein kleiner Park in der Nähe, sie würde viele Geschäfte und die Praxis ihres Hausarztes fußläufig und gegebenenfalls noch bei eingeschränkter Beweglichkeit erreichen können. Dazu eine reizende Heimleiterin, die Mamas Extravaganzen humorvoll akzeptierte, kurzum: Sie hatte es dort wundervoll getroffen.

Beim Anblick der Haarbürsten im Spiegelschrank, fünf, sechs zottelige graue Igel, wie mit Spinnwebknäueln gespickt, spürte Thea erneut Übelkeit. Sie würde sich eine Tasse Kaffee kochen müssen, bevor sie weitermachen konnte, dann Augen zu und durch, alles in den schwarzen Plastiksack. Die angebrochenen Medikamentenpackungen, Giftmüll, sollte Frau B. gleich morgen zur Apotheke bringen. Thea hatte sich vorhin auf dem Weg Puddingschnecken gekauft, doch sie würde jetzt keinen Bissen runterbringen.

Mamachen hatte ihr damals nach vier Monaten im Wohnstift von einem Tag auf den anderen verkündet, sie wolle wieder ausziehen. »Ich kann diese vielen alten Gesichter nicht ertragen.«

»Das ist doch nicht dein Ernst!«

»Dann würde ich es nicht sagen. Hast du dir mal den Tränentrieschke besehen, der neben mir wohnt?«

»Denk doch noch mal in Ruhe darüber nach, lass es uns doch noch mal durchsprechen, überleg es dir gut.«

Zu eng, beschwerte sie sich, erstickend, zu viele trostlose Gestalten, nur Trantüten und Zombies. »Da kann
man ja noch nicht mal eine Theatergruppe gründen.«

Thea führte ihr händeringend die Vorteile noch einmal
vor Augen: alles rollatorgerecht, die Palette der Hilfsan-
gebote im Pflegefall, die Sicherheit bei Eventualitäten.

»Aber ich bin noch kein Pflegefall, und ich kann mich
noch sehr gut ohne so ein Dingsda bewegen.« Sie war
nun mal zu dem Ergebnis gekommen, dass das Evangeli-
sche Wohnstift für sie nicht geeignet sei, und blieb, wie
immer, stur. Natürlich sollte wieder die Tochter ihr helfen, eine neue Wohnung zu finden, wer sonst. Praktisch,
schön, modern, gut gelegen – »Sie darf«, erklärte Mamachen wahrhaftig, »durchaus so ähnlich sein wie das Appartement im Stift, nur etwas geräumiger, großzügiger,
eine normale Wohnung eben, und nicht zu teuer.«

Thea war stinkwütend über so viel mangelnde Bereit-
schaft, das Alter zu akzeptieren, sich zu bescheiden. So
viel Borniertheit und Starrsinn, auf ihre Kosten. Wusste
Mamachen eigentlich, wie es auf dem Wohnungsmarkt
aussah? War ihr klar, wie sehr sie Thea mit ihren egozen-
trischen Wünschen auf Trab hielt? Sie war damals noch
berufstätig und sollte die erneute Wohnungssuche, Mamas zweiten Umzug innerhalb eines Jahres, neben ihrer anstrengenden Alltagsarbeit bewältigen, außerdem
würde es, bei den unrealistischen Erwartungen, fast unmöglich sein, etwas zu finden, das ihr gefiel.

Verrückterweise erhielt ihre Mutter genau in diesem
Jahr, ihrem 84., während Thea widerwillig nach einer
Wohnung für sie suchte, das Fernsehangebot ihres Lebens.

Sie durfte in der Vorabendserie »Die Schmidts« die exzentrische Großmutter spielen, eine Rolle, die ihr wie auf den Leib geschrieben war. Natürlich war es jetzt kein Problem mehr, dieses schmucke kleine Domizil für sie zu finden, eine Eigentumswohnung, und was auch immer an zusätzlichem Service zu zahlen.

Mamachen wurde noch mal bekannt, eine Art Berühmtheit, sie genoss am Ende ihres Lebens mehr Anerkennung als je zuvor – überflüssig hinzuzufügen: mehr als Thea jemals für ziemlich viel zuverlässig geleistete Arbeit bekommen hatte, übrigens auch von ihrer Mutter nicht, für die sie so viel tat. Die Schauspielerin Aimée Maquardt stand von jetzt an und bis zu ihrem Tod materiell sehr viel besser da als ihre Tochter. Natürlich hatte Thea ihr den späten Erfolg von Herzen gegönnt.

»Übermorgen die Kleider«, rief sie ins Telefon, ihre Stimme klang schrill, ihr selbst fremd, allein in der Wohnung, »übermorgen können Sie die Kleider meiner Mutter zur Obdachlosenhilfe bringen!«

Mit diesem Auftrag an Frau B. wollte sie sich selbst unter Druck setzen, morgen mit dem Schlafzimmer zu beginnen. Das würde wohl am schwierigsten werden, es roch dort noch nach Mamachen. Das Wohnzimmer, der Platz an Mamachens Schreibtisch schienen dagegen inzwischen relativ neutrale Orte. Während sie eine Schublade nach der anderen öffnete, hockte Mamachen allerdings plötzlich wieder in ihrem Lieblingssessel und beobachtete sie aus dem Halbdunkel der Ecke beim Fenster. Thea, wir müssen Tacheles reden, sagte sie.

Unsinn, Mama. Thea verscheuchte das Bild.

5.

Tagebuch einer schönen Seele

»Mama ist tot.«

Thea stellte sich diesen Satz ganz oben auf der ersten Seite der Kladde vor, auf dem schneeweißen, nicht linierten Papier, so edel, dass man es eigentlich nur mit einem richtigen Füllfederhalter beschreiben durfte.

»Liebes Tagebuch, meine Mama ist tot, und in fünf Monaten werde ich siebzig ...«

Die leere Kladde fand sich in der untersten Schublade von Mamas Schreibtisch versteckt, unbeschriebene Blätter, gebunden in Lederimitat, mit eingeprägten bibliophilen Motiven, Zeilen einer alten Handschrift, ein erhebendes Gefühl, mit den Händen darüberzufahren. Mamachen, ein unbeschriebenes Blatt, dachte Thea und fand den Gedanken sehr komisch. Was hatte sie wohl aufschreiben wollen?

Die Wohnungsauflösung ging nicht so zügig voran, wie sie es sich vorgestellt hatte. Doch eigentlich bestand ja überhaupt keine Eile. Es wollte sich allerdings auch keine Erleichterung einstellen. Sie saß an Mamachens antikem Sekretär und leerte Schublade um Schublade in große Umzugskartons.

Hatte Mamachen jemals Tagebuch geschrieben?

Erste Sätze sind wichtig. »Was wird das Leben mir noch bringen?«

Die Frage schickte sich bestenfalls für eine Siebzehnjährige, in Theas Alter durfte man sie gar nicht mehr stellen. Sie blätterte in dem leeren Buch. Stattdessen: »Welche bösen Überraschungen lauern noch auf mich? Wie lange werde ich den Status quo bewahren können? Was hält das Leben für das vorletzte und letzte Kapitel in petto, im Dunkeln, in heimtückischen Pranken feige auf dem Rücken verborgen?« Besser, so etwas nicht mal zu denken.

»Liebes Tagebuch, morgen werde ich siebzehn.« Damals hätte sie vielleicht geschrieben: »Alle meine Freundinnen haben richtige Familien; ich habe nur Mama, der man es nie recht machen kann. Der nette Junge aus der Tanzstunde heißt Jochen und ist schon zweimal mit mir ausgegangen. Ich will schnell erwachsen werden, heiraten, für immer glücklich und geborgen sein.« Blümchenmuster. Poesiealbum.

Mit sieben Jahren hätte es ganz unbeschwert geklungen: »Liebes Tagebuch, ich hoffe, ich bekomme die Rollschuhe zum Geburtstag und darf sieben Freundinnen einladen und zum Kaffee gibt es Kalten Hund und Schokoladenwettessen …«

»Liebes Tagebuch, Mama ist tot und ich werde in diesem Jahr siebzig. Wird es mir vergönnt sein, in Würde zu altern?«

War das wirklich das Einzige, was man jetzt noch erwarten durfte? Als Mamachen noch lebte, schien ihr das eigene Alter sehr weit weg. Besser gar nichts aufschreiben, keine ersten und auch keine weiteren Sätze. Thea schloss die leere Kladde und legte sie beiseite, in den Karton mit dem übrigen Schreibtischkram, den sie mit nach Hause nehmen würde. Ihr war wohler bei dem Gedanken, Mamachens Papiere in der eigenen Wohnung durchzusehen und nicht hier, wo sie sich doch noch irgendwie von ihr beobachtet fühlte. Und bestimmt war Mamachens Schreibtisch nicht der Ort, sich Gedanken über ihr zukünftiges Leben zu machen.

6.

Mamas Nachlass

Thea wusste, dass sie tüchtig war. Zuletzt hatte Mamachen das auch manchmal anerkennend eingeräumt, ohne den verächtlichen Hauch, der bei solchen Komplimenten früher mitschwang. Mama ihrerseits war eine unbekümmerte Chaotin, sie war der Ansicht, das ziere eine Künstlerin. Wenn Thea sich anzumerken erlaubte, dass es bei Mamachen, trotz gut bezahlter Putzfrau, ausschaue wie bei Hempels unter dem Sofa, dann konterte sie herablassend, »wie bei Schmidts unter dem Sofa, meinst du wohl!«. Die Schmidts waren ihre Fernsehfamilie, mit dieser Bemerkung gab sie Thea das Gefühl, spießig zu sein, während sie mit ihrer Unordnung und Sprunghaftigkeit kokettierte. Dabei wusste Mamachen sehr wohl, dass systematische Gründlichkeit, die Fähigkeit, Prioritäten zu setzen und konsequent an einer Sache zu bleiben, Stärken ihrer Tochter waren.

Der Inhalt von Mamachens Schreibtisch und der Truhe, Fotos, Briefe, lose und gebündelt, offizielle und persönliche Papiere, hatte in vier Kartons Platz gefunden. Tagebücher schien es nicht zu geben. In den kahlen Zimmern standen die Möbel nun ziemlich verloren herum, manches wirkte sogar schäbig. Mitarbeiter eines nicht kommerziellen Jugendhilfeprojekts hatten versprochen, sie in den nächsten Tagen abzuholen. Thea wollte für sich nur den antiken englischen Sekretär und die Bauerntruhe, die einzig wirklich wertvollen Möbel, dazu ein paar Erinnerungsstücke und den kombinierten CD-DVD-Player, der erst zwei Jahre alt und leistungsfähiger war als ihr eigener, von Mamachen beharrlich als »Abspielgerät« bezeichnet. »Besorg mir doch bei Gelegenheit mal so ein Abspielgerät, so ein neues.« Sie nahm nur ungern Anglizismen in den Mund. Als andere längst shoppen, relaxen und chillen gingen, betrieb Mamachen noch demonstrativ, inzwischen vom Rollstuhl aus, den Einkaufsbummel, das Schaufensterlecken und das Schwofen.

Thea umfasste fröstelnd am Küchentisch ihre Kaffeetasse.

Als Kind hatte sie es peinlich gefunden, wie Mamachen ihre verbalen Ladenhüter kultivierte, obwohl sie, wenn sie nur wollte, ganz normal sprechen konnte wie alle anderen auch. Manchmal blamierte sie Thea vor Klassenkameradinnen, die sie selten genug nach Hause brachte, mit einem »Ei pardauz!«. Sie schüchterte Ingrid, Theas einzige Freundin, mit gestelzten Sprüchen ein: »Würde es euch übermäßig inkommodieren, noch aufzuräumen, bevor ihr geht?«, einmal sogar: »Könntest du bitte auf dem Abtritt lüften, mich dünkt, es stinkt.« Ingrids Vater war Lastwagenfahrer, und Thea rollte entschuldigend die Augen: »Meine Mama ist halt Schauspielerin.« Mamachen sagte in Gegenwart anderer Mädchen Dinge wie »Ich pack dich gleich am Schlafittchen! Ihr habt doch bestimmt was auf dem Kerbholz! Tu nicht wie Tulpe! Glotz nicht wie ein Ölgötze!«. Sie beschwerte sich bei den anderen, modernen Teenager-Eltern über die »Pennälermanieren« der Töchter, nannte die Klassenlehrerin »meschugge« und bescheinigte dem Geschichtslehrer »die Milch der frommen Denkungsart«, weil er gleich nach Abhandlung der Weimarer Republik wieder bei den Neandertalern begann, um den Nationalsozialismus nicht durchnehmen zu müssen. »Ich bin übrigens Aimée Maquardt, das Maquardt bitte französisch auszusprechen.«

Nein, zu Theas Schulzeiten hatte sie sich ja noch nicht Aimée, sondern Feodora genannt, Feodora Maquardt. Einmal hatte sie die arme Ingrid harsch zurechtgewiesen, als sie die von ›Theas Mammachen‹ sprechen hörte: »›Mamachen‹ mit einem ›m‹ und Betonung auf der zweiten Silbe – doch für dich bin ich immer noch Frau Maquardt!« Das deutsche Mamma klang zu primitiv.

Schluss jetzt. Thea hatte den größten Teil der Arbeit erledigt; sie war fast fertig mit Mamachens Wohnung. »Ich hätte es mir viel einfacher machen können«, sagte sie anklagend, an die Adresse ihrer Mutter gerichtet. Geld war genug da. Sie hätte bloß ein professionelles Entrümpelungsunternehmen beauftragen müssen, dann hätte sie überhaupt keine Arbeit mit der Wohnung gehabt.

»Haushaltsauflösung – diskret – zuverlässig – schnell – sauber – günstig«, stand im Branchenverzeichnis. »Schnell« und »diskret« hatten es ihr besonders angetan. »Das Einfachste«, schnaubte der Mann am Telefon, »ist der Nachlass-Verkauf an Selbstabholer. Vorbesichtigung unsererseits kostenlos. Was haben Sie denn zu bieten? Das Übliche? Annoncieren wir also im Blättchen: ›Alles muss raus.‹ Wie viele Schränke? Büfett? Vitrine? Gut.« Jeder abgefragte Gegenstand wurde mit einem beipflichtenden Schnaufen quittiert. »Bücher-regale, Lampen, Gardinen, Esstisch und vier Stühle, ein bequemer Sessel, verstellbar, Schlafsofa, zwei Kom-moden, Nachtschränkchen, Küchenutensilien, Tisch- und Bettwäsche, Vasen, Bücher, Damengarderobe, ele-gant, Größe 36/38, Damenschuhe Größe 38 u. a. m. Alles muss raus. Jetzt noch Straße und Hausnummer, am bes-ten gleich nächste Woche, Freitag und Samstag, 12 bis 17 Uhr. Sie müssen nicht dabei sein, brauchen sich um gar nichts zu kümmern, wir sind da. Und nehmen alles, was übrig bleibt, dann am Montag mit. Sie bekommen 20 % des Erlöses, wir den Rest.«

Nein, so nicht! Sie war schon unter der groben Stimme dieses Leichenfledderers zusammengezuckt, sah vor ihrem inneren Auge Dutzende vulgärer Menschen neugierig durch Mamachens Wohnung ziehen und lüstern in ihren persönlichen Utensilien wühlen. Also hatte sie eilig ab-gewinkt und beschlossen, die Sache selbst in die Hand zu nehmen. Er war beleidigt: »Anderswo müssen Sie für Ent-rümpelungen teuer bezahlen!«

»Mach du, Thea«, hatte Mamachen zuletzt immer wie-der gesagt. »Mir wächst inzwischen alles über den Kopf.«

Nach dem Schlaganfall hatte Thea auch den größten Teil ihres Bürokrams für sie erledigt. Denn wenn Mama-chen verkündete: »Heute mache ich mal wieder Post!«, dann verstand sie darunter ein paar Autogramme auf den vorgedruckten Fotopostkarten, ihre Antwort auf die ge-legentlich noch hereintröpfelnde Fanpost. Um die Arztrechnungen, die Krankenkasse, die Versicherungen kümmerte längst Thea sich; zuletzt hatte sie auch eine Kontovollmacht. So durfte sie jetzt eine zügige und komplikationslose Abwicklung erwarten. Den Erbschein hatte sie gleich nach der Beerdigung beantragt; sie wusste von Jochens Tod, wie sich die Ausstellung manchmal hinzog. Mamachen hatte, auch während ihrer Krankheit, nicht viel verbraucht von dem kleinen Vermögen, das sich während ihrer Fernsehjahre ansammelte. Deswegen war Thea jetzt vielleicht nicht gerade vermögend, aber doch finanziell sehr gut gestellt. Sonderbarerweise löste das keine besonders erhebenden Gefühle aus.

Sie würde eine größere Summe aufwenden, um die Wohnung gründlich renovieren zu lassen, bevor sie sie wieder vermietete – oder sollte sie doch demnächst selbst einziehen? Schließlich war es eine altersgerechte Eigentumswohnung, und warum weiter Miete zahlen für eine weniger schöne und weniger passende Wohnung? Wenn sie einmal vermietet war, würde sie den Mieter später womöglich nur schwer wieder herausbekommen. Renoviert werden musste so oder so, das verschaffte ihr noch zwei, drei Monate Zeit zum Nachdenken.

Während all der Tage, die sie in der Wohnung der Verstorbenen arbeitete, hatte sie auf Gefühle gewartet, doch es wollten sich keine einstellen. Dabei war Mamachen anfangs noch sehr präsent, sonderbarerweise nicht die hinfällige alte Frau der letzten Wochen, sondern das Mamachen von früher, noch gesund und vital. Manchmal kollerte ihr koboldhaftes Lachen durch die inzwischen kahlen Räume. Ein paar Sätze hingen zwischen den Möbeln, flatterten auf, wenn man sie herumschob. Rück doch bitte die Latüchte näher. Hör auf, mich zu kujonieren. Du bringst mich ganz schön in die Bredouille, Kind. All ihre Sprüche. Holzauje, sei wachsam. Nachtigall, ick hör dir trapsen. Lass dich nicht ins Bockshorn jagen. Dem Lorbass fehlt es im Oberstübchen. Sei doch nicht so ein Griesgram, Thea.

Kerzengerade schoss sie vom Küchenstuhl hoch, als ihr Handy laut durch die halb leeren Zimmer tönte. Ihre Freundin Lisa fragte: »Kommst du die Woche mal mit ins Kino? Wulf-Dieter ist mit seinem Sohn unterwegs.«

»Nein, Lisa, ich muss das hier erst hinter mich bringen.«

»Du sprichst so komisch. Ist was?«

»Was meinst du mit ›komisch‹?«

»Weiß nicht. Distanziert. Wir haben uns doch nicht gestritten?«

»Lisa, meine Mama ist gerade gestorben!«

»Thea, deine Mama war sechsundneunzig …«

»… fünfundneunzig«, korrigierte sie.

»Lass gut sein! Sie war eine sehr alte Frau, die ein sehr langes und reiches Leben zu Ende gelebt hat.«

Nach diesem Telefongespräch fühlte sie sich elend, auf andere Weise als nach Jochens Tod. Da hatte sie viel geweint und sich zu den notwendigen Erledigungen zwingen müssen. Bis jetzt hatte sie beim Leerräumen von Mamachens Wohnung noch keine Träne vergossen, sondern wie eine von außen bestellte Sachwalterin agiert, sie hatte nur diesen großen inneren Druck verspürt, alles so schnell wie irgend möglich hinter sich zu bringen.

»Wieso kannst du nicht abends ins Kino, wenn du morgens aufräumst?«

Tatsächlich hatte sie bloß halbe Tage den Nachlass ordnen und den Rest der Zeit weiter ihren normalen Alltagsbeschäftigungen nachgehen wollen. An diesem Abend, als sie zu Hause vor dem Fernseher saß, sie hatte nicht mal mehr Lust auf ein Sudoku – nichts hätte sie gehindert, mit Lisa ins Kino zu gehen –, rief Vetter Ulrich an. Wie sie sich inzwischen fühle? Ob er sie in irgendeiner Weise unterstützen könne? Wo warst du früher, lieber Ulrich? Sie hatte doch immer mit allem allein zurechtkommen müssen. Das sagte sie nicht, dachte es nur, nahm stattdessen dankend seine Einladung zu einem Abendessen in der kommenden Woche an. Ulrich schlug vor, auch Wolfgang zu fragen, ob der dazustoßen wolle.

Norgard aus dem Literaturkreis rief an, schluchzend: Omar Sharif sei tot, ihr alter Kater, sie musste ihn einschläfern lassen. Davon erzählte sie ausführlich, Länge mal Breite, Thea starrte aus dem Fenster, während sie redete. Wahrscheinlich ein Nierentumor. Schon länger kaum was gefressen, nur noch Haut und Knochen. Es wehten nur Bruchstücke von Norgards Geschichte an ihr Ohr. Letzte Nacht Schmerzensschreie, so schrecklich, die gequälte Kreatur, durch Mark und Bein. Tierärztlicher Notdienst. Mitten in der Nacht.

»Es war doch nur eine Katze«, hörte sie sich sagen. Stille auf der anderen Seite. »Und du hast noch eine«, beeilte sie sich hinzuzufügen.

Norgard rang hörbar um Fassung. »Sechzehn Jahre habe ich mit ihm zusammengelebt!« Thea sah Mamachen vor sich, hörte sie mit Inbrunst Hofmannsthal deklamieren: »Dies ist ein Ding, das keiner voll aussinnt«, wie einen Part aus einer Seifenoper, »und viel zu grauenvoll, als dass man klage: dass alles gleitet und vorüberrinnt.«

Pflichtschuldigst sprach sie Norgard Trost zu, die war immerhin auch zu Mamachens Beerdigung gekommen, und legte auf, starrte zum Fenster hinaus. Kein Regen. Überhaupt kein Wetter, wie es schien. Das Schlimmste an der Wohnungsauflösung war die Beseitigung von Mamachens Kleidern. Sie erschienen ihr auf einmal so billig, so dürftig, sogar ihre großartigen Auftrittsroben. So dürftig, geradezu schäbig. Ihr geliebtes Deuxpièces aus Seide. Das Abendkleid aus beigefarbenem Samt. Der schicke Tailleur aus Kaschmirwolle. Das silbergraue Complet, das sie zum Jubiläum der 50. Folge der Schmidts trug. Das taubenblaue Kostüm von ihrem 90. Geburtstag. Und Unmengen eleganter Schuhe, die zierlichen kleinen braunen und schwarzen, sogar goldene und blaue Stiefeletten, immer noch mit einem Anflug von einem Absatz. Alles wirkte so jämmerlich, so erbärmlich. Mamachen liebte ihre Fummel, manchmal auch lässig als Kledage bezeichnet. Kledage, Kopfputz und Schuhwerk sagte sie. So willst du doch nicht mit mir ins Theater, Thea, ohne Kopfputz und mit diesen Quadratlatschen!

Alle müssen wir mal gehen!, bemerkte Thea, sie sprach mit sich selbst, du und ich und Omar Sharif. Aber dass nur seelenloser Plunder für den Müllsack übrig bleibt.

7.

Der Literaturkreis

Dann war Literaturkreis, und sie war froh darüber, weil es in Mamachens Wohnung für sie nichts mehr zu tun gab. Alles wie immer, nur Mama tot.

»Wie geht es dir?«, fragten sie, als Thea hereinkam. Dass Norgard schon vom Ableben ihres Katers berichtet hatte, war an ihren geröteten Augen zu erkennen; sie zog den Löffel teilnahmslos durch die Schnittlauchröllchen in Inis feiner Pilzsuppe. »Eine schöne Trauerfeier«, sagten die anderen zu Thea, das sagte man immer. »Sehr würdig.« »Und so viele Leute.« »Deine Mutter war schon eine ganz besondere Frau.«

»Sicher hast du viel Arbeit jetzt«, meinte Irmela mitfühlend. »Du musst doch die Wohnung auflösen?«

»Wahrscheinlich ist sie vor allem erleichtert«, befand Elfriede. Die hatte seit zwei Jahren die pflegebedürftige Schwiegermutter unten im Haus, eine sehr pflegebedürftige und sehr schwierige Schwiegermutter.

»Die Mutter ist die Mutter«, kam Lisa ihr wider Erwarten zu Hilfe, »egal wie alt sie war.«

Doch damit war Mamachen für die Literaturkreisdamen erledigt. Sie hatten Thea nach ihrer Befindlichkeit gefragt, doch niemand schien wirklich auf eine Antwort zu warten; stattdessen palaverte man über das Buch, das heute auf dem Programm stand. Offenbar hatte es niemand so recht gemocht, einige hatten es nicht mal zu Ende gelesen.

»Wann lesen wir endlich mal wieder was Richtiges?«, beschwerte sich Elfriede.

»Was meinst du mit ›richtig‹?«

Dabei kannten alle Elfriedes Ansichten: Sie suchte in der Kunst das Wahre, Schöne und Gute, ihr grauste vor der Banalität der Druckerzeugnisse zeitgenössischer Autoren.

»Autorinnen und Autoren, bitte schön«, korrigierte Irmela.

»Das ist doch keine Literatur. Warum lesen wir nicht Thomas Mann oder Joseph Roth, diese wundervollen Stilisten?«

»Weil wir kein Germanistik-Seminar sind«, konterte Reinhild. Elfriede schrieb regelmäßig Leserbriefe – »Leserinnenbriefe«, korrigierte Irmela – an die Regionalzeitung, in denen sie sich über den Niedergang der deutschen Sprache beklagte, wie er sich tagtäglich in der Zunahme von Orthografiefehlern und peinlichsten stilistischen Schnitzern, selbst in seriösen Presseorganen, widerspiegelte. Untergang des Abendlandes.

»Die Autorinnen sind die schlimmsten«, behauptete Lisa vergnügt, »nur Bauch und Selbstbespiegelung.«

»Das ist doch purer Unsinn«, widersprach Irmela eisig.

Wenn alle kamen, waren sie acht: Außer ihr selbst und Freundin Lisa die pensionierte Studienrätin Elfriede, die den Kreis ursprünglich um sich gesammelt hatte, ehemals

Lehrerin in den Fächern Deutsch und Religion. Dann Reinhild, die nie nennenswert berufstätig gewesen war und ihre Kinder nicht ziehen lassen konnte. Immer mal wieder wohnte eines bei ihr, weil es das zweite Studium oder die dritte Berufsausbildung abgebrochen, den Job verloren, sich vom Partner getrennt hatte. »Typische Bumerang-Kids«, gestand sie, verlegen lachend, »Hotel Mama, ich weiß schon.« Vielleicht halfen ihr die pünktlich einander ablösenden Lebenskrisen ihres Nachwuchses, sich unentbehrlich zu fühlen.

Auch Irmela, geschieden, Bibliothekarin in Altersteilzeit, schien mit ihrem Mitte 30-jährigen Sohn Julian geradezu verheiratet. Der wohnte von Zeit zu Zeit bei ihr, um den Ansprüchen seiner Freundinnen zu entkommen. Doch gerade war Irmela wieder auf Entzug, musste sich abermals an das Alleinleben gewöhnen. Die Welt schien voll von alleinerziehenden Frauen mit Söhnen, die Julian oder Florian oder Damian hießen, meinetwegen auch Till, Tim oder Tom, deren Leben jedenfalls seinen Sinn verlöre, wenn diese Söhne, was ziemlich unwahrscheinlich war, je wirklich flügge würden.

»Du bist kinderlos«, hatte Reinhild ihr neulich gekränkt vorgehalten, »du kannst dir nicht vorstellen, wie das ist.«

Nein, konnte sie nicht, wollte sie auch nicht, und sie gab zu bedenken, dass dies ein Literaturkreis sei und keine Selbsthilfegruppe für beziehungssüchtige Mütter respektive Großmütter. Mommies & Grannies Anonymous. Irmela und Reinhild fanden die Bemerkung, wie zu erwarten, nicht besonders komisch. Elfriede, die gern ungefragt Fotos ihrer Enkelkinder herumzeigte, fühlte sich gar nicht erst angesprochen.

Die anderen hatten ihre Männer, ihre Familien, Norgard immerhin ihre Katzen, und Thea hatte Mamachen gehabt. Beim letzten Treffen des Literaturkreises – nein, beim vorletzten, beim letzten ging es ihrer Mutter schon so schlecht, dass sie absagen musste – hatte Thea noch wie gewöhnlich auf dem Weg bei ihr vorbeigeschaut. Mamachen im Bett, guter Dinge, gegen mehrere Kissen gelehnt, schaute sich mit Frau B., die gleichzeitig bügelte, im Fernsehen einen Tierfilm an, klein und zerbrechlich, aber, wie es schien, quicklebendig.

»Gehst du wieder zu deinen Damen?«, fragte sie über die Schulter.

»Hast du schon deine Abendtabletten genommen?«, fragte Thea zurück, und sie erkundigte sich bei Frau Borodcziej, ob sie noch mal mit ihrer Mutter auf der Toilette gewesen sei. Frau B. setzte schuldbewusst das Dampfbügeleisen ab, doch Mamachen schmollte, als ob es die größte Zumutung sei, just den Augenblick zu verpassen, in dem die Erdkröte oder was sonst für ein Getier ihre Eier im warmen Schlamm vergrub.

»Morgen sind sonst wieder die Windeln übergelaufen und Sie haben den Ärger mit der Bettwäsche!«

»Du kommst noch zu spät zu deinen Damen!«, maulte Mamachen, ließ sich aber, nachdem sie sie zurück ins Bett gebracht hatten, einen Gutenachtkuss auf die Stirn drücken. Seit sie bettlägerig war, hatte ihr Interesse an Naturfilmen und Schnulzen enorm zugenommen, doch sie ließ sich auch die Nachrichten und den Presseclub am

Sonntagmittag nie entgehen. Wahrscheinlich, dachte Thea, nahm sie bis fast zuletzt mehr Anteil am politischen und gesellschaftlichen Geschehen als die Frauen aus dem Literaturkreis.

Außer Lisa, Norgard, Elfriede, Reinhild und Irmela gehörten noch Ini und Rosemarie zur Gruppe. Ini, bei der sie sich heute trafen, fiel häufig aus, weil sie krank war. Dabei war sie mit erst Mitte fünfzig die bei Weitem Jüngste von allen. Thea kannte keinen Menschen, der so viele ausgefallene Krankheiten auf sich vereinigte wie sie, Krankheiten, deren Namen niemand sonst je gehört hatte, und es kamen stetig neue hinzu. Von außen gesehen war Ini einfach nur viel zu dick.

Rosemarie, die in grauen Vorzeiten mal irgendeinen medizinischen Hilfsberuf ausgeübt hatte, war schon lange in erster Linie Gattin, Arztgattin. Sie scheuchte gern ihren Ehemann herum, seit der sich nicht länger hinter seiner schrecklich wichtigen beruflichen Tätigkeit verstecken konnte, und sie fehlte ebenfalls häufig, weil sie und ihr Mann rund um das Jahr mit Reisen nach Birma oder Bhutan oder Botswana ausgebucht waren und sich zwischendurch sehr mühten, auch noch die angesagten Ausstellungen und Abo-Konzerte wahrzunehmen.

Beim Dessert, einer weißen Mousse au Chocolat, wurde verhandelt, was man als Nächstes lesen sollte.

»Für mich bitte nicht«, sagte Norgard, die als Letzte zu ihrem Kreis gestoßen war, klug, aber immer ein bisschen skurril, Versicherungsmathematikerin im Ruhestand, und heute noch schweigsamer als gewöhnlich, wahrscheinlich wegen Omar Sharif.

»Nicht schon wieder ein Amerikaner! Sie sind so primitiv! Und immer diese unappetitlichen Liebesgeschichten grässlicher alter Männer mit jungen Frauen.«

»Dann schau dir doch deinen Walser an!«

»Der kann wenigstens schreiben.«

»Und warum wieder so ein dickes Buch!« Rosemarie weigerte sich kategorisch, in vier Wochen mehr als zweihundert Seiten zu lesen. »Man hat schließlich noch andere Verpflichtungen.«

»Wir hatten uns doch auf preiswerte Taschenbücher geeinigt.«

»Dafür ist es augenschonender Großdruck, sehr seniorenfreundlich.«

»Sind das, bitte, literarische Kriterien?«

Die gleichen Gespräche wie so oft, nur dass sie Thea heute besonders irritierten. Sie fühlte sich fremd und fehl am Platz, nicht nur, weil sie das Buch nicht kannte, über das die anderen sich bis jetzt echauffiert hatten. In den letzten Wochen mit Mamachen war keine Zeit zum Lesen gewesen.

Am Ende gelang es Ini, die als Gastgeberin das Vorschlagsrecht hatte, den Roman »Jedermann« von Philip Roth durchzusetzen, gegen eine gewisse Abneigung von Elfriede und den erbitterten Widerstand von Reinhild und Rosemarie, die sich nicht mit deprimierenden Büchern über Altern und Tod auseinanderzusetzen wünschten. Thea war es einerlei.

Auf dem Weg zu Ini hatte sie sich Besonderes vom heutigen Literaturkreis erhofft, vielleicht nur ein Gefühl von Wärme und Zugehörigkeit. »Die sind alle so gnadenlos oberflächlich, nur mit sich selbst befasst«, klagte sie Lisa, als sie sich draußen bei den Autos verabschiedeten. Was sie eigentlich erschütterte, war die Erkenntnis, wie wenig Mamachens Tod in der Welt der anderen bedeutete.

»Was erwartest du?« Lisa erneuerte vage ihr Kinoangebot für die nächste Woche. »Das bringt dich vielleicht auf andere Gedanken. Und du solltest nicht jeden zweiten Satz mit ›meine Mama‹ beginnen. Das wirkt komisch in unserem Alter.«

8.

Im Internet

Steppenwolf antwortete nicht. Wahrscheinlich war sie ihm zu alt.

Mamachens Papiere mussten warten. Thea fühlte sich, nach den Tagen des Räumens, anhaltend müde und erschöpft: Wahrscheinlich forderten die schweren letzten Wochen jetzt ihren Tribut.

Dabei hatte sie Steppenwolf ihr Foto noch gar nicht freigegeben. Alle, die ihr Profil zwischendurch besucht hatten, waren älter als siebzig. Indiskutabel. Sie wollte jemanden im gleichen Alter, gern auch ein bisschen jünger, sie war schließlich nicht darauf aus, sich den nächsten Pflegefall anzutun. Zwei neue Partnervorschläge, immerhin. Doch was sollte sie mit einem Ingenieur – die Naturwissenschaftler und Techniker eliminierte sie immer sofort. Die lasen ja nie ein Buch und fürchteten alles, was nach Seele roch, man konnte sich mit ihnen nicht wirklich unterhalten.

»Sehne mich nach unkomplizierter, warmherziger, lieber Partnerin«. So niveaulos. Überhaupt waren alle, die vom Alter her einigermaßen in Frage kamen, immer schon lange im Ruhestand, obwohl sie noch mit ihrem verflossenen Beruf warben. Sozialstatus, klar, aber dann taten sie nichts als »ihren Hobbys nachgehen«, Fernsehen, Kino, Musik hören, und sie verkündeten immer schon schriftlich, dass sie auf dem Sofa »kuscheln« wollten – schrecklich, sich all diese alten Männer beim Kuscheln vorzustellen, und die Sache wurde nicht besser dadurch, dass sie selbst eine alte Frau war. Ihr Codename war »Schoene.Seele«, aber wer außer Elfriede kannte schon Goethe, letztlich vielleicht auch keine so glückliche Wahl. Erinnerte zu sehr daran, dass man früher von einer hässlichen Frau beschwichtigend sagte: Sie hat schöne Augen. Trostpreis, weil man alles andere vergessen konnte. Thea war auch in ihren besten Jahren keine Frau gewesen, der die Männer nachschauten.

In Mamas leerer Wohnung warteten die zusammengeschobenen Möbel immer noch darauf, abgeholt zu werden.

All die leeren Abende jetzt. Sie rief bei Lisa an, doch die war unterwegs mit dem schönen Wulf-Dieter, Kino, Theater, Konzert, essen, irgendwas dergleichen. Morgen würde sie sich aufraffen und Mamachens Papierkram angehen. Am Bildschirm konnte man aus der Zeit fallen.

Wagen Sie den ersten Schritt, schicken Sie Outlaw ein Lächeln. Bei Outlaw lebten erwachsene Kinder im eigenen Haushalt: ganz schlecht. Und die getrennt Lebenden konnte man gleich vergessen, die hingen mit Sicherheit noch am Schürzenzipfel ihrer Ex und waren nur auf einen Seitensprung aus.

Ein Arzt wäre fein. Am liebsten einer, der noch praktizierte. Der Professor, dem sie eine geistreiche Mail geschickt hatte, hatte es nicht mal für nötig befunden, ihr zu antworten, der konnte es sich wohl leisten, bei den zwanzig Jahre Jüngeren zu suchen. Sie wünschte all diesen selbstgefälligen alten Männern, die sich noch für tolle Hechte hielten, einen Herzinfarkt an den Hals, in flagranti, während sie sich bei ihren künftigen jungen Frauen überanstrengten! Einen Lehrer nur zur Not. Nie wieder würde sie auf das Etikett »Künstler« reinfallen. Sie hatte Mamachen nie erzählt, dass sie bei einer Internet-Partneragentur auf Suche war. Die hätte das für würdelos und vor allem für gefährlich gehalten. Für Mamachen lauerten im Netz, verborgen hinter der virtuellen Anonymität, nur finstere Triebtäter.

Würdelos war es. Insoweit musste sie ihr recht geben. Doch die unverbindliche Suche, das Spielen mit einem anderen, vielleicht noch möglichen Leben, hatte sie abgelenkt, als Mamachens Zustand sich verschlechterte. Das – und ihre geliebten Sudokus.

Mindestens dreimal in der Woche war Thea spätnachmittags und abends bei ihrer Mama gewesen, in den letzten vierzehn Tagen sogar Tag und Nacht. Sie hatte ihr ein kleines Abendbrot gereicht, am Ende konnte sie nur noch Süppchen zu sich nehmen, sie gefüttert, ihr die Medikamente zugeteilt, die Tageskleidung aus- und das Nachthemd angezogen, Katzenwäsche und dann Gute Nacht. »Überlass das doch Frau B.!«, murrte Mamachen. Frau Borodcziej aber war ihr dankbar, sie räumte derweil lieber die Küche auf. Thea hatte dabei manchmal von den Dingen geträumt, die sie unternehmen wollte, wenn sie mal nicht mehr so eingespannt wäre.

»Frauen leben länger, aber sie haben nichts davon«,

stand auf der Postkarte, die Norgard neulich im Literaturkreis herumreichte. Mamachen hätte widersprochen: Selbst schuld! Ich bitte dich, Mama, das ist zynisch, schließlich haben nicht alle so viel Glück wie du! Darauf zuckte sie nur die Achseln. Man muss das Leben bloß zu nehmen wissen. Das Beste aus dem machen, was ist – habe ich etwa immer nur Glück gehabt? Mamachen fand: Man sollte kichernd altern, so wie man kichernd durch die Pubertät segelte. Sie behauptete, sie habe das Zitat bei Ilse Aichinger gelesen. Für Thea klang es wie O-Ton Mamachen.

Bei EasyRider las sie in der Sparte »Was mich an meiner Partnerin stören würde«: »Uralte, geschönte Fotos« und »die paar klitzekleinen Kilos zu viel«. Es empörte sie, auch wenn sie selbst eher zu mager war. Groß und mager. Ein Brett, hatte Mamachen sie früher oft genannt, nicht sehr zartfühlend. Selbst schuld, wer sich auf solche Männer einließ.

Bei ihrer Freundin Lisa hatte es geklappt über das Internet, sie hatte Thea damit angesteckt: »Du musst nur einen langen Atem haben.« Der schöne Wulf-Dieter war ihr dreizehntes Date – ausgerechnet. Ihre Chat-Partner hatte sie gar nicht mehr gezählt. Mit Wulf-Dieter war es auch erst Liebe auf den zweiten Blick, aber es hielt nun schon ein ganzes Jahr. Lisa war, als sie ihn kennenlernte, nur fünf Jahre jünger als Thea jetzt, war aber kaum besser erhalten als sie. Fand Thea. Doch letztlich kam es ja nicht auf ihre Meinung an, sondern einzig und allein auf die vom schönen Wulf-Dieter. So nannten ihn, um Lisa zu ärgern, die Frauen aus dem Literaturkreis.

Sie haben eine neue Nachricht von Dark Eye. Dem traute sie nicht über den Weg. Er wohnte so nah, im Umkreis von 20 km, dass sie es nicht wagte, ihm ihr Foto zu zeigen. Wie peinlich, wenn man sich zufällig irgendwo träfe! Neuerdings sah sie manchmal so ein großes dunkles Auge auf sich gerichtet, wenn sie nachts nicht schlafen konnte.

Schade, dass Steppenwolf nicht geantwortet hatte. Sie stellte sich unter diesem Namen einen literaturkundigen feinsinnigen Menschen vor. Es musste ja nicht unbedingt Liebe sein. Eigentlich suchte sie nur jemanden, mit dem sie mal ausgehen konnte, vielleicht auch verreisen, Kultur- und Studienreisen wie Rosemarie, die sie doch ein bisschen beneidete. Sie hatte in den letzten Jahren ja nur für Mama gelebt.

Spontan entschloss Thea sich, EasyRider den Laufpass zu geben. Was sollte man von einem Ende Sechzigjährigen halten, der einen sofort ungefragt duzte? »Liebe Unbekannte! Wann und wo trinkst du einen Kaffee mit mir?« Distanzlos! Wie gut, dass man sie einfach mit einem vorgefertigten Textbaustein wegklicken konnte: »Ich glaube, wir passen doch nicht zusammen.« So behielt sie das letzte Wort. Sie malte sich aus, wie ihm die böse, selbst formulierte, ganz und gar authentische Antwort im Halse stecken blieb: Du blöde alte Kuh, was bildest du dir eigentlich ein, wer du bist, Doppelkinn und Hängebusen, ganz zu schweigen von den paar klitzekleinen Kilos zu viel, möchte ich wetten! Alles Gift seines gekränkten Egos im Äther verspritzt, keine weitere Kontaktmöglichkeit mehr. Im wirklichen Leben ging das nicht immer so einfach.

Doch die Befriedigung, mit der sie immer wieder das Feld »Kontakt beenden« ansteuerte, gab ihr inzwischen zu denken. Sollte ihr wenigstens zu denken geben. Wollte sie wirklich noch einen Mann in ihrem Leben? Der Erwartungen an sie hatte, dem sie sich anpassen musste. Glaubte sie wirklich daran, auf diese Weise jemanden zu finden, der sie schätzen konnte? War es die vage Chance wert, sich all diesen Verletzungen auszusetzen, die das Selbstwertgefühl kontinuierlich schrumpfen ließen? In diesem Augenblick vermisste sie Jochen so sehr, an den sie in der schweren Zeit mit Mama kaum gedacht hatte. Kein Mann um jeden Preis. War es da nicht besser, in Würde allein zu altern? Jedenfalls wollte sie Lisas Wulf-Dieter nicht geschenkt haben.

Mamachen hatte ihren letzten Liebhaber noch jenseits der fünfundsiebzig – ganz ohne Partneragentur, in einer Zeit, als das ganz unerhört war. Wollte sie ihr nacheifern? Ihr beweisen, dass sie das auch schaffte? Allerdings hatte Mamachen mit wenigen Ausnahmen grässliche, ziemlich gestörte Männer gehabt. Es schien ihr nichts auszumachen. »Hauptsache, er ist amüsant«, meinte sie achselzuckend, wenn Thea ihr Vorhaltungen machte, »ich muss ihn ja nicht heiraten. Und du schon gar nicht.«

»Du«, fügte sie hinzu, »bleib mal brav bei deinem kleinen Jochen, der ist für dich gerade richtig.«

Sie wäre ja gern bei Jochen geblieben. Doch Mama hatte ihn um viele Jahre überlebt.

9.

Mamas Karriere

Bis zu ihrem späten Erfolg war Theas Mutter, Amalia Dorothea Mackrodt, eine unbedeutende kleine Schauspielerin gewesen. Wie viele junge Mädchen ihrer Zeit hatte sie vom Theater geschwärmt, wo sie ging und stand, aus Gedichten und klassischen Dramen deklamiert – übrigens besonders gern, wenn Schulkameradinnen von Thea zu Besuch waren. »Mein ist der Helm und mir gehört er zu!«, rief sie, während sie einen Suppentopf so schwungvoll vom Herd riss, dass er überschwappte. Johanna von Orleans, und meistens war die Suppe dann auch noch angebrannt. Mamachen bemühte die Jungfrau auch in hohem Alter noch: »Oh Wiesen, die ich wässerte, Johanna geht, und nimmer kehrt sie wieder!«, kichernd, wenn sie jenseits der siebzig auf gemeinsamen Sonntagsspaziergängen zunehmend von Blasenschwäche geplagt wurde.

Mamas Eltern, vor allem Theas Großvater Ernst, der ein vernünftiger Mann gewesen sein musste – Thea hatte ihn und die Großmutter nicht mehr erlebt –, hielten Amalias Träume vom Theater für völlig abwegig. Sie hatten sie nach Abschluss der Realschule zwei Jahre auf die Handelsschule geschickt, damit sie etwas Nützliches lerne: Stenografie, Geschäftsenglisch, Buchhaltung. Sie absolvierte brav ihre

Prüfungen, meldete sich aber zwischendurch heimlich zum Vorsprechen beim Provinztheater. »Gretchen«, erzählte sie Thea, »immer mussten Frauen das stroh-brave Gretchen aus dem Faust geben – ›was so ein Mann nicht alles, alles denken kann!‹. Kannst du mich als Gretchen sehen? Oder als Käthchen von Heilbronn, diese Opferlämmer fand ich immer grässlich!« Irgendwann bekam sie dann tatsächlich eine kleine und später noch andere unbedeutende Nebenrollen. Aber so richtig wollte ihre Bühnenkarriere nicht in Gang kommen. Amalia musste immer wieder, für kürzere oder längere Zeit, als Stenotypistin, Sekretärin, sogar als Verkäuferin arbeiten. Lange Zeit blieben ihre Liebhaber aus der Boheme ihre wichtigste Verbindung zur Theaterwelt und zum Künstlermilieu.

Kurze Zeit, knapp drei Jahre, war Mamachen sogar mal mit einem Regisseur verheiratet, in der Nazizeit der erste Mann an einer Kleinstadtbühne, das war die größte Annäherung an sozialen Aufstieg, bürgerliche Existenz und finanzielle Sicherheit, die sie zustande brachte. Doch die Ehe war kein Erfolg – »nicht geradezu unglücklich«, erzählte Mamachen, »aber langweilig und die Anpassung nicht wert, die Otmar von mir erwartete. Jeden Tag kochen – kannst du dir das bei mir vorstellen?«. Konnte Thea nicht, wenn sie an die vielen Tage ihrer Kindheit mit der schnellen Stulle, mit Bratkartoffeln und Spiegelei dachte. »Leider hab ich zu spät bemerkt, was für ein Piefke Otmar war, ein Pfennigfuchser und Korinthenkacker.«

Als Kind hatte sich Thea oft ausgemalt, wie anders, wie viel schöner ihr Leben verlaufen wäre, wenn Mamachen bei dem Regisseur geblieben wäre, Vater-Mutter-

Kind, eine richtige Familie, denn sie hatte lange geglaubt, dass Otmar ihr Vater sei. Mamachen hatte Thea erst von Rupert erzählt, als sie die Schule verließ, ihre Berufsausbildung begann und von zu Hause fortging.

Für Rupert, einen laut Mama hochbegabten, aber leider erfolglosen Schauspieler, hatte sie ihren Ehemann verlassen, und dieser Rupert, erfuhr Thea, war ihr Erzeuger. Das schien ihr lange noch viel unerfreulicher als ein Scheidungskind zu sein, was schon schlimm genug war. Offenbar hatte Mamachen nicht nur sich selbst, sondern auch Rupert durchbringen müssen, was noch schwieriger wurde, als sie, Thea, zur Welt kam. Dieser schattenhafte Vater, für sie nichts als eine Geschichte ihrer Mutter, verstarb kurz nach ihrer Geburt an einer Lungenentzündung, vielleicht ein Glück für ihn, redete Mamachen ihr und sich selbst ein, denn genau einen Tag nach seinem Tod sei sein Gestellungsbefehl gekommen, so sei ihm vielleicht Schlimmeres im Krieg erspart geblieben. Mama und Rupert hatten nie geheiratet, weil er noch Probleme mit seiner Scheidung hatte, behauptete Mamachen. Für Thea klang all das nicht sonderlich schmeichelhaft. Doch Mamachen ließ nie etwas auf Rupert kommen und hatte ihm wohl lange nachgetrauert.

Thea wollte damals, mit siebzehn, achtzehn, von ihrem Erzeuger gar nichts wissen; sie hätte lieber weiter den Regisseur zum Vater gehabt und nahm Rupert noch nachträglich übel, dass er die Ehe ihrer Mutter zerstört hatte. Thea hatte Mamas Männergeschichten immer gehasst. Nie wollte sie so werden wie ihre Mutter, jedenfalls in dieser Hinsicht nicht. Ihr war durchaus klar, dass sie selbst ihren Jochen vor allem seiner Zuverlässigkeit wegen geheiratet hatte.

Mamachen schlug sich weiter finanziell mehr schlecht als recht durch, oft von der Hand in den Mund; Bürojobs, manchmal kellnerte sie sogar, dazwischen durchaus immer wieder winzige, eher alberne Rollen. Den Sprung zum Film schaffte sie nie, so sehr sie sich auch mühte, sie bekam nur hin und wieder ein unbedeutendes Engagement im Fernsehen, vor allem in Werbespots. Als sie sich den sechzig näherte, versiegte auch das. Und doch ließ sie sich unverdrossen weiter in der Kartei ihrer Agentur führen, nur um alle paar Jahre mal Reinigungstabletten für dritte Zähne, die Kraft der zwei Herzen oder Ginsengtee gegen Konzentrationsschwäche anpreisen zu dürfen.

Als sie Ende siebzig war, nachdem beruflich schon lange wirklich gar nichts mehr lief, gründete sie eine Theatergruppe für Senioren, Laienschauspieler. Es mache ihr riesigen Spaß, verkündete sie ihrer Tochter begeistert.

»Muss das denn noch sein, Mama?«

»Mach es mir nicht gleich wieder mies. Komm einfach mal zur Vorstellung, bring auch deinen Holden mit. Einfach fantastisch, was man aus Leuten rausholen kann, die noch nie auf der Bühne gestanden haben!«

Als Kind hatte Thea ihre Mama abwechselnd bewundert und sich für sie geschämt. Als erwachsene Frau, mit der Sicherheit im Rücken, die Jochen ihr gab, hatte sie ihre Mutter belächelt, anfangs eher mit Nachsicht, später mit wachsender Ungeduld. Um sie noch später, eigentlich schon bevor der späte Erfolg ihr recht gab, zunehmend wieder zu bewundern: für ihre Ausdauer, ihre Zähigkeit, weil sie so unbeirrbar ihrem Lebenstraum anhing und sich nur wenig um das scherte, was man von ihr denken könnte.

Einer ihrer letzten Liebhaber, ein pensionierter Studienrat, dessen Herz für Amalia und ihre Theatergruppe schlug, hatte gute Beziehungen zum Pfarrer seines Stadtviertels, der ihnen den Saal des Gemeindehauses für ihre Vorstellungen zur Verfügung stellte. Den Studienrat heiratete Mamachen dann noch, eine zweite, kurze, späte und überraschend glückliche Ehe. Der Mann war Thea durchaus sympathisch, obwohl er fünf Jahre jünger war als ihre Mutter und Horst hieß; er schien ein gutes Korrektiv für ihre Exaltiertheit. Leider starb er viel zu früh, schon mit fünfundsiebzig. Diesem Horst hatte Mamachen ihre kleine Witwenpension zu verdanken, ohne die ihr zunächst jämmerliche Jahre gedroht hätten.

Sie vermisste ihn sehr, fiel für einige Zeit in ein tiefes Loch, fing sich aber durch das Theaterspielen, obwohl es offenbar zunehmend schwieriger wurde, Nachwuchs für ihre kleine Laientruppe zu finden. Mamachen war ja nun auch wirklich ein exotisches Relikt, ihr Stil überholt, hoffnungslos altmodisch, und es war Thea immer ein bisschen unangenehm, wenn Bekannte ihr erzählten, sie hätten sie in dieser oder jener Liebhaberaufführung gesehen. Sie fand ihre Mutter zu schwärmerisch, zu pathetisch – überkandidelt, um es in deren eigenem Vokabular auszudrücken.

Doch just auf ihrer Laienbühne wurde Mamachen von einem Fernsehmenschen entdeckt, dessen Filmunternehmen »Die Schmidts« produzierte, die neue Vorabendserie, die später Kult wurde. Der lud sie zum Casting ein, als die Rolle der überdrehten Großmutter Annerose zu besetzen war. So begann ihre späte Karriere als Aimée Maquardt –, das Maquardt bitte französisch auszusprechen –, die von ihrem 84. bis zum 91. Lebensjahr dauerte.

10.

Im Park

Oft genug hatte Thea nach Mamachens Schlaganfall den Rollstuhl verdrossen vor sich her gestoßen und dabei gedacht: Könnte ich jetzt bloß ...Wäre ich jetzt doch ... Es war ja auch ihr Leben, das unterdessen verging. Mama, 91 Jahre alt und durch den späten Ruhm verwöhnt, war alles andere als eine einfache Patientin. Vermutlich wäre sie es auch ohne Ruhm nicht gewesen. Die Ärzte mahnten sie zur Geduld, ihr Gesamtzustand könne sich durchaus wieder erheblich verbessern, doch Geduld gehörte nun mal nicht zu Mamachens herausragenden Eigenschaften.

»Ein feiner Mensch, dieser Doktor Breitbauch«, verkündete sie an einem Tag befriedigt, während sie durch den Park der Reha-Klinik schoben. »Gebildet, kultiviert im besten alten Sinn. Habe ich dir schon erzählt, dass er regelmäßig ins Theater geht? Von Opern hält er nichts.«

»Breitbach, Mama, nicht Breitbauch«, korrigierte Thea und dachte im Stillen: Hauptsache Theater! Was darf man mehr von einem Internisten erwarten?

Doch schon am nächsten Tag konnte Mamachen hemmungslos über denselben Arzt schimpfen: »Ein Schmierenkomödiant und Nichtskönner, dieser Breitbauch! Ein unfähiger Schleimer und Blender! Er sollte sich schämen, mit diesem Wanst herumzulaufen, mit dieser Fettschürze, als Arzt!« – Nur weil der sie vielleicht ein bisschen schnell und von oben herab abgefertigt hatte.

Warum war Mama damals nicht im Evangelischen Wohnstift geblieben! Wie viel leichter wäre alles zu organisieren gewesen! Das ging ihr oft durch den Kopf. »Sollten wir uns vielleicht nicht doch mal nach einem netten Pflegeheim umsehen«, versuchte Thea es ab und zu, »da wärest du doch besser aufgehoben, ich kann schließlich nicht die ganze Zeit um dich sein, und Geld hast du nun wirklich genug. Es gibt so schöne Häuser«, warb sie, »schau mal, ich habe dir Prospekte vom Haus Abendsonne mitgebracht, ist es nicht wie ein Hotel, diese Loggia, die Grünanlagen, der Wellnessbereich!«

»Unsinn!«, rief Mama böse, »wir kommen noch sehr gut zurecht, wie es ist! Und mit so was Albernem wie Wellness fange ich erst gar nicht an.« Immerhin sagte sie »wir« und nicht »ich« – sie kam nämlich nur mit Theas Hilfe zurecht, trotz der Pflegerin, der ersten von insgesamt drei Frauen, die anders als ihre Nachfolgerinnen noch nicht bei Mamachen wohnte, sondern nur morgens und abends zwei Stunden kam. Letztlich war Thea für alles zuständig, obwohl Mamachen wiederholt erklärte, niemand verlange von ihr, dass sie sich den ganzen Tag kümmere.

»Nun sei nicht gleich eingeschnappt«, schloss Mamachen befriedigt, wenn Thea verstummte, »kannst ja wohl die paar Jahre, die ich noch lebe, etwas Geduld mit mir haben.« Thea fühlte sich auf endlose Zeit, vielleicht noch auf Jahrzehnte verplant. Mamachen würde mindestens hundert werden.

Thea hatte bis zur regulären Altersgrenze in der Stadtverwaltung gearbeitet, zuletzt im Liegenschaftsamt. Die Berufsjahre jenseits der sechzig waren ziemlich hart für sie, weil sie sich mit den ständigen Neuerungen in der elektronischen Datenverarbeitung nur mühsam zurechtfand. Alle paar Monate, immer wenn sie gerade wieder Grund unter den Füßen hatte, kauften sie neue Computer oder führten eine andere Software ein oder strukturierten die bisherigen Abläufe um, »Rationalisierung« hieß das, schaffte aber erst mal unabsehbares Chaos. In den letzten zehn Jahren wurden auf geisterhafte Weise sämtliche Kolleginnen jünger als Thea, natürlich arbeiteten sie auch geschwinder, passten sich den Neuerungen schneller an als sie. Lange Zeit war sie die Jüngste gewesen, sie galt als ehrgeizig und pflichtbewusst. So war es besonders kränkend, nach und nach zur lahmen Ente zu werden. Zuletzt zählte sie die verbleibenden Monate im Amt, die Wochen, die Tage, und am Ende musste sie sich auch noch ohne Jochens Unterstützung durchkämpfen. Er starb an Prostatakrebs, als sie 61 war. Wenigstens musste er nicht lange leiden; der Tumor war viel zu spät entdeckt worden. Was vielleicht ein Glück für ihn war, erlebte Thea umso schrecklicher. Es war ganz unwirklich, wie schnell das ging: Diagnose, zwei rasch aufeinanderfolgende Operationen, insgesamt drei längere Krankenhausaufenthalte, Tod. Und plötzlich fand Thea sich allein, nach 43 Jahren.

Sie brauchte lange, um zu begreifen, wie sehr sich ihr Leben verändert hatte. Zunächst war sie dankbar, dass da noch der Beruf war, der ihren Alltag strukturierte und ihr Halt gab. Doch zunehmend quälte sie sich auf die Rente hin. Sie hätte eher gehen können, doch unterschwellig war da die große Angst vor der Zeit danach. Sie berief sich auf ihre preußische Pflichtauffassung und meinte, sie würde es sich ewig übel nehmen, wenn sie nicht durchhielte.

Schon zu Beginn ihres letzten Berufsjahres hatte sie den Urlaub geplant, mit dem sie sich für die schwere Zeit belohnen wollte, zwei Wochen auf den Kanaren, all inclusive, in einem nicht ganz billigen Hotel. Es würde ihre erste Urlaubsreise allein sein, die erste nach Jochens Tod, jetzt endlich fühlte sie den richtigen Zeitpunkt gekommen.

Sie brach etwas bänglich, aber erwartungsvoll auf. Nie würde sie diesen 1. Mai vergessen, einen Sonntag. Es war der zweite Abend nach ihrer Ankunft, sie hatte gerade begonnen, sich zu entspannen. Ihre feierliche Verabschiedung im Amt lag eine gute Woche zurück. Sie saß am Rande des Pools und genoss bei einem Campari Orange den wunderbaren Sonnenuntergang. Die Dinge ließen sich gut an, sie hatte ein traumhaft luxuriöses Zimmer, wie es der stets sparsame Jochen nie gebucht hätte, hatte an diesem ersten Tag mit nur einem Hauch von schlechtem Gewissen mehrfach dem üppigen Büfett zugesprochen. Sie konnte sich noch heute deutlich an die samtweiche Luft erinnern, an den Schimmer der letzten Sonnenstrahlen auf dem silbrigen Meer und daran, wie beinahe weltläufig sie sich gefühlt hatte in dem sehr kleidsamen Strandkleid in Hellgrün und Rosé, tief ausgeschnitten, elegant, eigens für Teneriffa gekauft. Sie befand sich im vorsichtigen Gespräch mit ihrem Tischnachbarn, einem sympathischen Menschen, geschieden, der ebenfalls ohne Begleitung reiste, als sie ans Telefon gerufen wurde.

Die Nachricht von Mamachens Schlaganfall. Ende des Urlaubs. Überstürzte Abreise. Von da an bis zu Mamas Tod Pflegedienst. Die Umbuchung des Rückflugs kostete ein Vermögen, denn dummerweise war sie diesbezüglich nicht versichert, beinahe noch mal so viel wie der ganze ins Wasser fallende Urlaub. Sie war nur ein einziges Mal am Strand entlanggeschlendert. Das Kleid hatte sie seitdem nie wieder getragen; es gab keine Gelegenheit. Der Mann, mit dem sie Campari getrunken hatte, hieß Ernst-Peter, auf ihn hätte der Deckname Steppenwolf gepasst. Sie hatte ihm anschließend zweimal geschrieben, und er hatte einmal geantwortet, sie freundlich und höflich bedauert.

In den Jahren nach Mamachens Schlaganfall versuchte sie sich mit dem Gedanken zu trösten, dass ihr der Übergang in den Ruhestand auch ohne diese Wendung des Schicksals wahrscheinlich nicht leichtgefallen wäre, schließlich hätte der Urlaub nicht ewig gedauert. So fand sie wenigstens in Mamas Pflege gleich eine sinnvolle Aufgabe. Doch sie trauerte um all die schönen Pläne, die sie gemacht hatte. Sie hatte reisen wollen, Kurse an der Volkshochschule belegen, ihre Fremdsprachenkenntnisse auffrischen, vielleicht auch töpfern oder malen. All das konnte sie jetzt vergessen. Die vier Jahre, in denen sie ausschließlich für ihre Mutter da war, wuchsen zu einer halben Ewigkeit. Erst allmählich, als es Mamachen wieder besser ging, erinnerte sie sich an einige ihrer alten Vorhaben. Doch da hatte sie irgendwie schon den Antrieb verloren, und der Literaturkreis, in den Lisa, die ehemalige Kollegin, sie nach Jochens Tod eingeführt hatte, blieb ihre einzige gehaltvolle Freizeitaktivität. Falls man nicht auch das obsessive Lösen von Sudokus als solche bezeichnen wollte.

Mamachen im Rollstuhl, in den ersten Wochen nach dem Schlaganfall, konnte sehr herzlich und zugewandt sein, manchmal war sie sogar auf eine Weise anhänglich, wie Thea es nie zuvor erlebt hatte, fast ein bisschen unheimlich. Doch ihre schnellen Stimmungswechsel machten allen das Leben schwer – und ihr Starrsinn nahm definitiv zu. Sie konnte ohne ersichtlichen Anlass ausfällig werden, während Thea ihren Rollstuhl schob. »Du Weichei lässt dir ja alles gefallen! Ich lasse mich von niemandem herumkuranzen, weder von diesem Breitbauch noch von den anderen Herren Doctores – und erst recht nicht von dir!«

Meistens schluckte Thea Widerworte herunter, weil Mamachens Geschimpfe nach dem Schlaganfall noch wochenlang bemitleidenswert unartikuliert klang, irgendwie breiig, in lächerlichem Kontrast zu ihrer hilflosen Wut, und weil ihr nicht selten Augenblicke später die Tränen kamen und sie dann leise vor sich hin weinte, völlig erschöpft von den eigenen Affekten. Thea wunderte sich nur im Stillen über das neue »Weichei« in Mamachens Vokabular. Sie musste es wohl bei den Dreharbeiten von den Kollegen aufgeschnappt haben.

Als der Schlag sie traf, hatten sie gerade eine weitere Staffel der »Schmidts« abgedreht. »Lassen Sie sich alle Zeit der Welt, wieder richtig gesund zu werden, liebe Aimée«, sagte der Regisseur, der an ihr Krankenbett geeilt kam, kaum dass sie wieder einigermaßen wusste, wo sie sich befand und was mit ihr geschehen war. Er wirkte besorgter und ängstlicher als Mamachen selbst. »Wir fangen ja erst in drei Monaten mit den nächsten Folgen an, und wenn Sie dann noch ein bisschen wacklig sind auf den Beinen, macht das gar nichts. Wir ändern das Drehbuch, bauen den Schlaganfall ein und Sie geben die Oma Annerose als Rekonvaleszentin.«

Doch Mamachen lehnte ab. »Schluss«, formulierte sie mühsam, »Finis. Ende. Oma Annerose ist tot, ihre Beerdigung könnt ihr auch ohne mich drehen. Man muss wissen, wann es Zeit ist abzutreten.«

Es war die erste längere Sentenz, die sie nach dem Unglück in Theas Gegenwart sprach. Ihre Stimme klang noch schauerlich, guttural, als würde ein tierisches Wesen die menschliche Sprache nachzuahmen versuchen. Thea konnte sich nicht vorstellen, dass irgendwer solche Töne außerhalb eines Gruselfilms hören wollte, jedenfalls ganz bestimmt nicht in einer Vorabendserie, und es entging ihr nicht, mit welcher Erleichterung der Regisseur Mamachens Entscheidung akzeptierte.

11.

Vergilbte Fotos

In Mamachens Wohnung waren die Handwerker eingezogen. Das Bad sollte umgebaut werden, nun, da Thea sich mit dem Gedanken trug, selbst dort zu leben. Anstelle der Badewanne eine stufenlose, geräumige Dusche, altersgerecht, neue Schränke, Kacheln, Fliesen, fort mit Mamas Babyhellblau. Sie schwankte zwischen schwarz und silbern – distinguiert, aber etwas düster – und einer cremigen Sandfarbe. Außerdem wollte sie eine andere Küche, war aber auch da noch nicht ganz entschieden. Es dürfte ruhig kosten, gern auch noch eine Weile dauern. Aber stilvoll sollte es sein.

»Du willst doch nicht allen Ernstes die Wohnung deiner Mutter übernehmen!«, rief Lisa entsetzt.

»Noch ist nichts entschieden«, wiegelte sie rasch ab. Was mischte sich Lisa überhaupt ein, das war doch einzig und allein ihre Sache.

In Theas Abstellkammer, hinter dem Staubsauger, warteten noch immer die vier großen Kartons mit Mamachens Papierkram. Warum tat sie sich so schwer, sie sich vorzunehmen?

»Du hattest ja ziemlich viel um die Ohren in den letzten Wochen«, kommentierte Lisa, nun wieder mitfühlend, als Thea von ihrer ständigen Müdigkeit und tiefen Antriebslosigkeit erzählte. Vielleicht plagte sie das schlechte Gewissen, da sie anrief, um den heutigen Kinoabend abzusagen. Sie werde Wulf-Dieter nun doch zu seinem geselligen Beisammensein mit den ehemaligen Kollegen begleiten; die wollten sie unbedingt kennenlernen. Ursprünglich war sie davon ausgegangen, dass die Einladung nur für ihn gelte, und hatte sich mit Thea verabredet.

»Das verstehst du doch?«

Thea hatte es satt, immer verstehen zu müssen. Es erinnerte sie an die Pubertät, als Freundinnen, sobald ein Junge auf den Plan trat, zu bloßen Lückenbüßern wurden – Lückenbüßerinnen, würde Irmela sagen. Immerhin tröstlich, dass heutzutage die Zeit auf ihrer Seite war: Nach und nach würden alle ihre Männer los sein. Vielleicht sollte sie sich einstweilen mehr an Elfriede halten. Oder noch besser an Norgard. Die war zwar ein bisschen sonderlich, doch ihre Katzen waren keine Konkurrenz, sie schien meist auf Abruf Zeit zu haben und man konnte ganz gut mit ihr reden.

Thea beschloss, Norgard morgen anzurufen und sich heute Abend statt Kino einen der Kartons vorzunehmen. Gepflegte Musik auflegen, Brahms, eine Flasche Rotwein – »Besser Rotwein als tot sein!«, hörte sie Mamachen, »komm, lass uns ein Fläschchen köpfen!« Dann zerrte sie die voluminöse, mit rotem Samt eingeschlagene Hutschachtel mit den Fotos ins Wohnzimmer, rückte den Papierkorb gleich daneben, um zügig voranzukommen.

Die alten Schwarz-Weiß-Fotos quollen über den

kleinen Glastisch, staubig, ungeordnet, winzig, die meisten stammten aus den 50er- und 60er-Jahren, wie sollte man darauf jemanden ohne Lupe erkennen, mit weißen Mausezacken gerahmt, unscheinbar. Einige klebten aneinander. Die jüngere Vergangenheit war kaum vertreten. Nur selten fand sich auf der Rückseite ein Datum, Name oder Ort.

So viele Menschen, die sie nicht kannte! Thea wühlte herum, zunehmend hilflos und wütend. Am liebsten würde sie alles unbesehen wegwerfen! Wie oft hatte sie Mamachen gesagt: Räum doch mal deinen Fotokasten auf! Andere Menschen hatten ordentliche Fotoalben oder sie steckten die Bilder wenigstens in datierte Briefumschläge. Als Thea volljährig wurde, hatte Mamachen ein Album für sie zusammengestellt, immerhin. Auf der ersten Seite Vater Rupert, der sie als Baby auf dem Arm hielt. Dann ging es weiter mit Mama und Thea als Kleinkind, mit Mama und Thea als Schulkind, mit Mama und Thea in der Pubertät, manchmal sah man nur sie oder nur Mamachen, endlos Mamachen und sie selbst. Zur Verlobung mit Jochen hatte Thea ein eigenes, neues Album begonnen.

Sie stieß auf ein paar Fotos von Rupert und musterte sie aufmerksam, auf der Suche nach Ähnlichkeiten. Seine Augenpartie, hatte Mamachen immer behauptet, außerdem das vorgeschobene, entschlossene Kinn. Immerhin war Rupert groß und hager gewesen wie sie. Sie sah übrigens auch Mamachen nicht ähnlich. Lauter wildfremde Menschen auf diesen Fotos. Warum hatte Mamachen sich nicht verdammt noch mal die bescheidene Mühe gemacht, Namen und Daten zu notieren? »Immer viel zu beschäftigt, liebe Thea, außerdem lebe ich nicht in der Vergangenheit. Ich stehe noch auf der Bühne, und jetzt ist jetzt.« Warum dann nicht nach dem Schlaganfall? Fotos ordnen und einkleben wäre doch eine angemessene Beschäftigung für eine Invalidin im Rollstuhl gewesen!

Thea kippte das zweite Glas Rotwein – »nur ein Gläschen am Abend, Kind, mehr ist im Alter nicht bekömmlich!« –, zerriss Fotos von Unbekannten und beförderte sie wütend in den Papierkorb. Nie würde sie wissen, wer die alle waren und was für einen Stellenwert sie in Mamachens Leben gehabt hatten. Sie hatte so viele Menschen gekannt, immer so viele Namen erwähnt, es gab all diese Liebhaber – doch wer war nun wer? Sie stieß auf jede Menge Fotos von dem grässlichen Kasimir, die sie mit spitzen Fingern stapelte. Da waren ein paar von Horst. Erstaunlich viele Kinderfotos von ihr selbst, die sie nie bewusst zur Kenntnis genommen hatte. Stirnrunzelnd versuchte sie sich zu erinnern, wann und wo die geschossen wurden.

»Kind, wie hast du dich wieder angemustert!«, rief Mamachen in komischer Verzweiflung. »Der Rock und diese Bluse passen nun überhaupt nicht zusammen. Du musst ein bisschen mehr Talent entwickeln, dich hübsch zu machen. Du hast doch eine nette Figur, na ja, ein bisschen zu groß, ein bisschen zu mager, und dann die Beine – aber die lassen sich geschickt kaschieren.« Mamachen hatte ausnehmend wohl geformte Beine und versäumte keine Gelegenheit, sie zu präsentieren.

Ein Klassenfoto. Thea war die ganz hinten in der letzten Reihe, eine von den Unscheinbaren, mit einem fast verschwimmenden Gesicht. Konturenlos. So ein Brett, sagten sie in der Pubertät verächtlich, vorne nichts, hinten nichts und in der Mitte nicht mal eine Taille! »Sei ein bisschen selbstbewusster, trau dich, mehr Ecken und Kanten zu zeigen!«, drängte Mamachen. Natürlich war das Foto unscharf. Sie würde sich selbst nicht wiedererkennen, wenn sie sich nicht genau erinnerte, wo sie damals gestanden hatte. Nach dem Gruppenfoto machte der Fotograf auf Wunsch Einzelfotos von jeder Schülerin.

Das Mädchen, das sie war, sitzt steif, eingeschüchtert am Schreibpult und schaut in die Linse, als wollte es losheulen, den Füller in der rechten Hand, die linke mit gespreizten Fingern auf dem Heft abgelegt, das Haar zu strengen Zöpfen geflochten, die starr abstehen, ein kariertes Kleid mit weißem Kragen.

»Beruf des Vaters?«, fragte die Klassenlehrerin. »Ähm – meine Mama ist Schauspielerin. Sie ist geschieden.« Wenn sie wenigstens Kriegerwitwe gewesen wäre wie die Mütter von Anita, Renate und Gudrun! Wie sie diesen Augenblick fürchtete, rot wurde, stotterte, am liebsten vom Erdboden verschwunden wäre. Andere Mädchen hatten Väter, die waren Rechtsanwälte oder Ärzte oder Apotheker oder wenigstens Postbeamte oder Bankangestellte. Wie sie schon Ingrid anglotzten, deren Vater Lastwagen fuhr!

»Ist deine Mama Filmschauspielerin? Oder beim Fernsehen?« »Ähm, nein, eher so in der Werbung. Manchmal auch beim Theater«, beeilte sie sich hinzuzufügen. Achselzucken. Die Mädchen aus den gut betuchten, vollständigen Familien ließen sie links liegen. Sie wurde nur selten zu Geburtstagen eingeladen und meist als Letzte in die Völkerballpartei gewählt. Rasch begriff sie ihren Status und befreundete sich mit Ingrid, der Fernfahrertochter, sehr zu Mamas Befremden: »Die haben doch keine Kultur zu Hause!« Später sagte sie bei dieser hochnotpeinlichen Befragung einfach »Meine Mama ist Sekretärin«.

Immerhin versuchte Mamachen, Thea zu trösten, wenn sie mitbekam, wie die unter dem Snobismus der anderen litt. Sie hielt ihr vor, was wirklich im Leben zähle: das Geistige, Kultur, Kunst, Literatur, Poesie, Theater – natürlich auch die Musik, wenn man dazu begabt ist, bist du aber leider nicht! In Wirklichkeit seien diese Krämerseelen zu bemitleiden. Was haben die denn schon! Nur schnöden Mammon, Tennis, Tanztee, Reiten! Langweilige, oberflächliche Gespräche, nackter Materialismus, keine Leidenschaft, keine Ideale, keine wirkliche Schönheit.

Wenn Mamachen ihr die Dinge auf diese Weise nahebrachte, glaubte sie ihr und hielt ihre Art zu leben für die bessere, erhabenere. Doch kaum trabte sie zur Schule, ergriff schleichend das Minderwertigkeitsgefühl wieder Besitz von ihr. Wie viel lieber wäre sie wie die Veras, Rosemies oder Claudias aus ihrer Klasse gewesen, die den Beruf ihrer Mütter mit »Hausfrau« angaben – Mamachen schnaubte verächtlich –, was bedeutete, dass sie morgens putzten und einkauften, mittags für Mann und Kinder kochten und sich nachmittags in grellbunten Badeanzügen auf dem sorgfältig getrimmten Rasen der Gärten ihrer Einfamilienhäuser bräunten, während die Veras, Rosemies oder Claudias Limonade tranken oder Eis essen gehen durften. Sie war nie dabei. Vielleicht hätten die anderen sie ja geduldet, doch für dergleichen hatte ihre Mama kein Geld.

Mamachen arbeitete zu verqueren Zeiten, war manchmal auch vormittags auf Proben und abends häufig im Theater, meist jedenfalls nicht da, wenn Thea von der Schule nach Hause kam. »Kartoffeln auf dem Herd und Quark in der Speisekammer«, meldeten die Zettelchen auf dem Küchentisch. »Vergiss nicht, dein Zimmer aufzuräumen und Brot zu kaufen. Wir sehen uns heute Abend bei Don Carlos, Küsschen, Mamachen.«

Sie brachte ihrer Tochter oft Freikarten mit. Im »Don Carlos« hatte sie eine Statistenrolle; sie war in einer Szene ein stummes Dienstmädchen, das überwiegend gebraucht wurde, um Möbel zu rücken, und in einer späteren Szene eine ebenfalls wortlose Frau aus dem Volk. Thea hätte lieber den Abend gemütlich mit ihr zu Hause verbracht, Radio gehört und Kreuzworträtsel gelöst – einen Fernseher besaßen sie nicht.

Sie starrte auf das Foto des verschlossenen Kindes mit dem markanten Kinn und den ängstlichen Augen. Thekla Isadora Mackrodt. »Wie heißt du, bitte?«, fragte die Klassenlehrerin überrascht und zog dabei das Wie in die Länge. »Thekla?« »Ich werde Thea gerufen«, behauptete sie schnell, aus dem Stand. Das stimmte nicht, die Thea wurde just in dieser Minute geboren, als sie hellsichtig ahnte, was die anderen von Thekla und Isadora halten würden. Die erste hatte sie einem Jugendschwarm ihrer Mutter zu verdanken, die zweite natürlich der Filmdiva Isadora Duncan, für deren wildes Leben mitsamt seinem tragischen Ende Mamachen sich begeisterte. Thea brauchte lange, ihren selbst gewählten Namen auch Mamachen gegenüber durchzusetzen, und so ganz wurde sie die Thekla nie los. Thea von Dorothea?, fragten die Leute beharrlich. Dorothea war ironischerweise der zweite Vorname ihrer Mutter, der ihr bei dem kurz entschlossenen Akt der Selbstbenennung überhaupt nicht in den Sinn gekommen war. Nein, Thea von Thekla, musste sie dann antworten. Später wiederholte sie stur: Einfach nur Thea!

Mamachen liebte es ausgefallen, ihr eigener Taufname Amalia Dorothea war ihr nicht exotisch genug, sodass sie sich als Schauspielerin lange Feodora nannte, was Thea scheußlich fand. In ihren Ohren klang es wie eine Seife. Im Alter machte Mamachen aus Amalia Mackrodt die Aimée Maquardt, als die sie beim Fernsehen bekannt wurde.

»Ich will einen normalen Namen, Mamachen, begreif das doch!«

Die Einzelfotos waren teuer gewesen, bestimmt zwei oder drei Mark, und man musste eine Unterschrift von zu Hause bringen, die als Bestellung galt. Thea hatte Mamachens Signatur gefälscht, weil sie nicht die Einzige in der Klasse neben Ingrid und Marja sein wollte – Marja gab den Beruf des Vaters als »Kriegsversehrter« an –, deren Eltern sich das nicht leisten konnten. Außerdem hatte sie Mamachen mit diesem Foto zum Muttertag überrascht. Das fiel ihr erst jetzt wieder ein. Keine Ahnung mehr, wie sie damals an das Geld gekommen war.

Ihr defensiver Blick, das Kinn – alles von diesem unbekannten Vater? Mamachen schien sich über das Foto und den selbst gepflückten Blumenstrauß zu freuen. »Man sieht, dass du Charakter hast«, meinte sie anerkennend. »Du wirst deinen Weg machen, auch wenn dir das Künstlerische erstaunlicherweise überhaupt nicht liegt! Vielleicht als Wissenschaftlerin?«

Das hätte Mamachen sich sehr gewünscht. Doch Thea ging trotz guter Schulnoten mit der Mittleren Reife vom Gymnasium ab, weil sie nicht studieren, sondern sich sobald wie möglich mit Jochen verloben wollte, den sie in der Tanzstunde kennengelernt hatte. Später bedauerte sie das manchmal. Doch selbst ein Stipendium hätte zum Studieren nur gereicht, wenn sie weiter bei Mamachen gewohnt hätte. Und sie wollte um jeden Preis schnell eigenes Geld verdienen, damit sie ausziehen konnte.

Mama war zu dieser Zeit mit KG zusammen, Karl-Gustav, den sie für einen begnadeten Maler hielt. Erst auf den Fotos fiel Thea auf, dass er eine Ähnlichkeit mit Van Gogh gepflegt hatte. Damals kleckste er sich mittellos durchs Leben, niemand kannte seinen Namen, den sie sich jetzt auch nur mühsam wieder ins Gedächtnis rief, geschweige denn, dass irgendwer seine Bilder kaufen wollte, die allerdings mehr denen Kokoschkas als Van Goghs glichen, zumindest was die Farben betraf, denn KG malte nicht gegenständlich. Als junges Mädchen erinnerten sie Thea an aufgeweichte Blaubeerpfannekuchen, manchmal gar an Eiterbeulen und Schneckenschleim. Mama baute gern verkannte Genies auf.

Während Thea bei Mamachen lebte, gab es außer KG noch Claudio, den Tanzlehrer, das dauerte nicht lange, und einen eher gediegen wirkenden Kahlkopf, an den sie nur undeutliche Erinnerungen hatte, er arbeitete in der Künstleragentur, die Mamachen vermittelte. Sein Name kam auch nicht wieder, als er ihr aus einigen Fotos entgegen grinste. Weg mit ihm!

Ein zugeklebter Briefumschlag in einer seidenen Stofftasche weckte ihre Neugier. »Hinrich« stand darauf, drei Fotos steckten darin. Ein kleiner Junge in kurzen Hosen mit ungewöhnlich langen Locken, höchstens fünf. Derselbe Junge etwas später, mit Schulranzen. Das dritte zeigte ihn im schwarzen Anzug, ein trotzig blickender Pubertierender, keine Schönheit, deutliche Spuren von starker Akne, »Hinrich, Konfirmation, 1954« stand hinten in fremder Handschrift.

»Ich bin Hinrich.«

Plötzlich kam ihr der Hüne auf Mamachens Beerdigung wieder in den Sinn, wie er mit ausgestreckten Pranken auf sie zustrebte, ihre Hände umklammerte und schmerzhaft drückte. Keinerlei Ähnlichkeit mit diesem Jungen, doch vom Alter her könnte es einigermaßen hinkommen; den Mann am Grab schätzte sie auf Anfang, Mitte siebzig. War Hinrich einer von Mamachens Verflossenen? Kein Nachname. Thea traute ihrer Mutter alles zu, wenn sie an den grässlichen Kasi dachte, Kasimir Graf von und zu, mit dem Mamachen zwischen ihrem 60. und 70. Lebensjahr herumlief, ihr wirklich peinlichstes Verhältnis. Der war gut und gerne dreißig Jahre jünger als sie.

Es war weit nach Mitternacht, die Rotweinflasche geleert, der Papierkorb randvoll, als Thea, nach langem Prüfen und Verwerfen, ein paar Fotos von Mamachen aussortiert hatte. Die würde sie behalten, wollte aber zunächst keines davon rahmen und aufstellen. Sie hatte sich viel zu lange mit dem alten Kram verzettelt, der nun in den Müll wanderte. Sie bewahrte auch ein paar Fotos von sich selbst und ihrem Vater Rupert auf. Hätte der nicht, wenn er Mamachen schon aus ihrer Ehe herauslocken musste, den Anstand besitzen können, ein bisschen länger zu leben – wenigstens lang genug, um sich scheiden zu lassen und sie zu heiraten?

12.

Kasimir

»Liebe, verehrte Thekla!«

Als hätte das Betrachten von Mamachens alten Fotos ihn aus dem Reich der Schatten ans Licht befördert, rief am nächsten Tag Kasimir an.

»Ich hoffe, Sie kennen mich noch!« Seine Stimme schnurrte samtig und pelzig dahin wie anno dazumal.

Ihr fiel fast das Telefon aus der Hand. Sie hatte gedacht, der wäre längst tot. Es war so unendlich lange her. »Thea, bitte!« Aber warum sollte er tot sein? Er war ja ihr Jahrgang, wenn nicht jünger.

»Leider konnte ich bei der Beerdigung Ihrer lieben Mutter nicht anwesend sein – ich war im Ausland und habe erst jetzt von ihrem Tod erfahren.«

Ausland – wer's glaubte. Eine seiner Geschichten. Was wollte er von ihr, um Himmels willen? Doch hoffentlich keine sentimentalen Erinnerungen an Mamachen ausbreiten! Es verschlug ihr die Sprache. Sie war ihm schon eine halbe Ewigkeit nicht mehr begegnet.

»Könnten wir uns einmal treffen in den nächsten Tagen?«

Erst Schockstarre. Sie wollte ihn nicht sehen. Dann murmelte sie hastig von viel Arbeit mit dem Nachlass, von Erschöpfungszuständen, Trauerarbeit und Rückzugs-bedürfnis.

»Ich weiß ja, es ist unverzeihlich, Sie in dieser Situation einfach zu überfallen, aber Sie können sich sicherlich vorstellen, dass Feodoras Tod auch mich sehr mitgenommen hat. Könnten Sie mir nicht wenigstens ein jüngeres Foto Ihrer Mutter ... ein Souvenir ... einen persönlichen Gegenstand ...? Sie wissen, wie viel sie mir bedeutete.«

Wenigstens besaß er den Anstand, sie nicht mehr zu duzen. Doch alle ihre Antennen signalisierten: Vorsicht! Lass dich bloß nicht einwickeln! Da robbte er sich wieder ran und schleimte sich ein, gekonnt, auf die alte Art. In Mamachens Fernsehzeit gab es überall Fotos von ihr, er hätte eine ganze Fotogalerie anlegen können. Und warum hatte er sich nicht nach ihrem Schlaganfall gemeldet, wenn sie ihm so wichtig war?

»Wissen Sie, ich lebe seit vielen Jahren mit meiner Frau in Spanien, doch ich bin für eine Woche in der Stadt, und da dachte ich, vielleicht ...«

Verheiratet war er also und wohnte weit weg. Wäre wirklich nur für dieses eine Mal. Was konnte da schon Unangenehmes passieren, dachte sie, und ihre Neugier siegte. Sie verabredeten sich im Café Heitmann am Park, am nächsten Nachmittag.

Kasimir Theodor Graf von Hohenburg. Kasi, flötete Mamachen, manchmal gar »mein Kasi-Hasi«.

Während Theas Schulzeit hatte Mamachen sich mit ihren Eskapaden einigermaßen zurückgehalten. Dennoch hatte sie diffus die Abfolge von Verehrern registriert, die bei ihnen zu Hause auftauchten, um Mamachen abzuholen, um angeblich wichtige berufliche Angelegenheiten mit ihr zu besprechen, um mit ihr zu arbeiten, besonders verdächtig, wenn sie der Tochter Schokolade mitbrachten, um sie für sich einzunehmen.

Kasi betrat die Bühne erst, als sie schon lange verheiratet und Mama längst nicht mehr jung war, und er klebte wider Erwarten jahrelang, in unregelmäßigen Intervallen, an ihrer Seite. Sie war geblendet von seinem Adel, seinem Auftreten und Aussehen, und es dauerte einige Zeit, bis sie ihn als den Märchenerzähler durchschaute, der er war. Erstaunlicherweise überwand sie sogar ihre Enttäuschung über seine plebejische Abstammung und entzog ihm ihre Liebe nicht. »Immerhin ist er ein genialer Schauspieler!«, befand sie, der gesamten Umwelt zum Trotz und sich selbst zum Trost. Sicher räumte sie ihm vor allem deswegen mildernde Umstände ein, weil er fast dreißig Jahre jünger war als sie.

Kasi führte sich dermaßen adlig auf, dass es Thea von vornherein stutzig gemacht hatte. Als sie ihn kennenlernte, lief er tatsächlich mit einem Monokel im Auge und einem Chihuahua-Hündchen auf dem Arm herum, hierzulande noch eine bestaunte Seltenheit, das er angeblich aus den USA mitgebracht hatte – später stellte sich heraus, dass er nie dort gewesen war. In Wirklichkeit war er gar kein Graf, sondern ein Metzgerssohn namens Karl Hohlmeier, ein ausgewachsener Hochstapler. Er kleidete sich wie ein Dandy und sprach, was Mamachen entzückte, als lese er nur Thomas Mann – tatsächlich las er gar nichts. Er konnte allerdings gewandt über nie gelesene Bücher plaudern, und er ließ gern beiläufig Namen prominenter Persönlichkeiten fallen, als habe er erst gestern mit ihnen zu Mittag gegessen.

Mamachen war zutiefst beeindruckt von diesem so angenehm altmodischen jungen Mann, der sich mit Gleichaltrigen nur ungern abgab und bewusst die Nähe älterer Menschen suchte. Er war, wenn er wollte, ausgesucht höflich, von vollendeten Umgangsformen. Doch Mamachen gegenüber verhielt er sich, nachdem die Sache zwischen ihnen einmal in Gang gekommen war, reichlich unverschämt. Er legte ihr grauenhafte Szenen hin – Eifersuchtsszenen! –, und Thea musste fassungslos zur Kenntnis nehmen, wie sie ihn gewähren ließ. Seine Temperamentsausbrüche schienen Mamachen auf eine Art sogar zu gefallen. Bei seinen Wutanfällen zerbrach nicht selten Geschirr, es wurden auch Möbel zertrümmert und Türen eingetreten. Mamachen beschloss, es amüsant zu finden – zumindest tat sie so, wenn Thea, was sicher eher die Ausnahme war, etwas von diesen Auftritten mitbekam. Sie schützte ihn. Allerdings wagte er nie, sie persönlich anzurühren. Sie verzieh ihm immer.

»Du musst dich von ihm trennen, Mama!«

Sie hatte sich nie zuvor in die Liebschaften ihrer Mutter eingemischt und tat es auch danach nie wieder. Doch bei Kasi war nur zu klar, dass es sich um einen Menschen mit krankhafter Persönlichkeitsspaltung handelte. »Er ist gefährlich! Merkst du denn nicht, dass er dich nur benutzt?«

Mamachen wiegelte ab: »Du tust ihm unrecht, Thea, vielleicht willst du ihn so verzerrt sehen. Kasi ist ein ganz besonderer Mensch, hochbegabt, hochsensibel, allerdings auch sehr gefährdet durch seine innere Zerrissenheit und seine erregbare Natur.«

Die Chihuahua-Dame hieß Bijou und war ein silbrig-weißes, flauschiges, knapp 20 cm hohes Federgewicht mit großen dunklen Knopfaugen unter einem verwuschelten Pony. Als Thea Kasimir zum ersten Mal begegnete, in einem Café, wo Mamachen sie miteinander bekannt machen wollte, schaute Bijou neugierig aus der Tasche seines nahezu bodenlangen schwarzen Mantels hervor. »Ist sie nicht süß?«, flötete Mamachen, obwohl sie sich nichts aus Hunden machte und Schoßhündchen albern fand. Alles an diesem Mann war auf Effekt angelegt.

Thea hasste ihn spontan und das änderte sich nie. Obwohl er in ihrem Alter war, vielleicht sogar geringfügig jünger – er machte ein großes Geheimnis um sein Geburtsdatum, variierte es je nach Bedarf, er schwindelte in Bezug auf alles –, behandelte er sie gern mit einer gönnerhaften Väterlichkeit, die sie zur Weißglut brachte. Das Fabulieren war ihm so zur zweiten Natur geworden, dass er sich auch bei den banalsten Anlässen niemals mit der Wahrheit zufriedengab, sondern stets etwas erfinden musste. Dann wieder führte er sich auf wie das verwöhnte Einzelkind ihrer Mutter, behauptete schmollend einen Exklusivanspruch und tat, als sei Thea bloß eine entfernte Verwandte.

Sie ertrug ihn nicht. Sie reduzierte den Kontakt zu Mamachen während der Kasi-Ära auf ein Mindestmaß, traf sie nur zwei-, dreimal im Jahr und telefonierte vorzugsweise mit ihr, wenn er nicht anwesend war.

Er war, trotz seiner exzentrischen Aufmachung, ein gut aussehender junger Mann, und sie konnte sich nur bedingt Jochens Urteil anschließen, der fand, Kasimir wirke definitiv schwul, schlank und hochgewachsen, mit seinem etwas schlenkrigen Gang und den aufreizend langsamen Bewegungen. Ihre kleine, drahtige, energetisch aufgeladene Mutter neben ihm, manchmal sogar Hand in Hand mit ihm, von der Seite zu ihm aufsehend, dann warf sie wie ein junges Mädchen den Kopf zurück, neckisch lachend. Kasi beschrieb beim Reden weitläufige Handbewegungen mit seinen gepflegten Händen, seinen langen feingliedrigen Fingern, sehr beweglich, die Mamachen natürlich sofort an einen Pianisten denken ließen. Er konnte bei ihr auch mit seiner Physiognomie punkten. In einem Roman aus dem 19. Jahrhundert hätte man vermutlich von »edlen Zügen« gesprochen. Auffällig blasse Haut. Schwarz gelocktes Haar, bis zu den Schultern, selbst für die damalige Zeit sehr lang. Dunkle, tief liegende, theatralisch brennende Augen. »Ein Melancholiker«, erklärte Mama und fühlte sich sogleich angenehm an Dostojewski erinnert.

»Von was lebt er überhaupt?«, fragte Thea sie, denn der begabte Mensch schien keinem geregelten Beruf nachzugehen. Das erwartete Mamachen wohl auch gar nicht, solange sie ihm den verarmten Spross adliger Eltern abnahm. Später murmelte er mal von Immobilien- und mal von Versicherungsgeschäften. Einmal erspähte Thea ihn zu ihrem Erstaunen hinter dem Beratertresen eines Reisebüros, im Vorübergehen von der Straße aus, durch eine verglaste Fensterfront. Doch vielleicht war das nur eine

Täuschung, in dieser Zeit sah sie ihn als rotes Tuch überall. So glaubte sie es ohne Weiteres, als ihr eine Kollegin erzählte, der junge Mann, den sie neulich mit ihrer Mutter gesehen habe, arbeite als Masseur in dem Salon, den sie wegen ihrer Rückenprobleme aufsuchte. Ein russischer Graf, der vor dem Kommunismus geflohen sei, hieß es. Sie schämte sich abgründig für Mamachen.

»Merkst du nicht, dass er dich zur Witzfigur macht? Wie er dich um den Finger wickelt und ausbeutet?«

»Dazu gehören zwei«, erwiderte Mamachen mit diesem gefährlich beschränkten Lächeln.

»Er lügt dir die Hucke voll, nichts an diesem Mann ist echt!«

»Wer von uns ist schon, was er zu sein vorgibt?«, philosophierte Mamachen. »Spielen wir nicht alle irgendwelche Rollen im Leben?« Vernünftige Argumente erreichten sie nicht.

Und so schlingerte diese Seifenoper über die Jahre dahin, Thea konnte nicht mal sagen, wie lange sie, alles in allem, gedauert hatte, bei den vielen Krisen, dramatischen Krächen, gefühlvollen Versöhnungen. Sie wollte nichts mehr davon wissen. Fünf Jahre? Oder acht? Sie hatte Mamachen gewarnt. Vielleicht war es sogar mehr als ein Jahrzehnt gewesen, denn Mamachen hatte ihr zuletzt verschwiegen, wenn er oder sie selbst wieder anbändelte nach einem abermaligen endgültigen melodramatischen Abschied. Das tatsächliche Ende kam wohl wirklich erst, als Kasi wegen Scheckbetrug und Erpressung eine Zeit lang im Gefängnis verschwand. Ob sie das endlich ernüchtert hatte? Doch sie behauptete steif und fest, Geld habe in ihrer Beziehung – »in unserer Liebe«, sagte sie – nie eine Rolle gespielt, sie habe ihm nie Geld gegeben, er niemals welches von ihr erwartet. »Meine Güte, Thea, du weißt doch selbst, dass ich nur eben gerade so zurechtkam – wie hätte ich ihn da aushalten können? Nicht dass es mich groß gestört hätte. Es hätte nichts geändert zwischen uns.«

Sie hatte sich oft den Kopf darüber zerbrochen, was ein gut aussehender Dreißigjähriger an ihrer 60-jährigen Mutter finden mochte. Gewiss, sie war charmant, geistreich, man langweilte sich keine Minute mit ihr, sie konnte sogar – vor allem Männern gegenüber – sehr einfühlsam sein, wenn sie wollte. Thea bewunderte sie ja auch. Aber sie war eine alte Frau!

Als sie am nächsten Tag pünktlich das Café Heitmann betrat, war Kasimir schon da. Sie erkannte ihn nur, weil er sich höflich erhob, während sie ihre Blicke noch suchend schweifen ließ. Da stand er, leicht vorgeneigt, und schlenkerte ihr mit der vertrauten Bewegung seine rechte Hand entgegen, ein müdes Zitat seiner früheren Grandezza. Nur mit Mühe verbarg sie ihr Erschrecken über diesen traurigen alten Mann. Zwar war er noch einigermaßen schlank, doch seine Gesichtszüge waren verschwiemelt, die Augenschlitze wie zugewuchert von den aufgequollenen Tränensäcken. Seine blasse teigige Gesichtsfarbe wirkte ungesund. Am meisten aber erschütterte sie sein Haupthaar beziehungsweise was davon übrig war – Mamachen konnte froh sein, dass ihr dieser Anblick erspart blieb! Anstelle der früher dichten schwarzen Lockenpracht klebten spärlich kurze graue Strähnen an einem fast kahlen rosa Greisenschädel.

Sie ließ sich auf den Stuhl ihm gegenüber fallen.

»Meine liebe Thea! Nach all dieser Zeit!«

In seinen Augen sah sie unerwartet Triumph aufblitzen. Sein Urteil über sie schien also um nichts freundlicher auszufallen als umgekehrt: Sie war schon früher nichts Besonderes – nur folgerichtig, dass sie heute so langweilig und trist ausschaut!, konnte sie ihn hinter seinem selbstgefälligen Lächeln denken hören.

Während der kritischen Minuten der Begrüßung und noch bis sie ihren Tee bestellt hatte, sonderte er verbindliche Plattitüden ab, mit dieser dunklen samtigen Stimme, die sich als Einziges kaum verändert hatte – Mamachen fand sie so betörend erotisch. »Ich hatte immer vor, Feodora zu schreiben, sie zu besuchen. Doch wenn man so weit weg lebt, auf einem anderen Stern, gewissermaßen. Man glaubt, man habe noch alle Zeit der Welt. Eine unverzeihliche Selbsttäuschung.«

Auf seine Frage nach Einzelheiten über Mamachens Tod, ihren Schlaganfall, antwortete sie gebührend allgemein und vage. Das ging ihn nichts an. Er gab sich erstaunlich schnell damit zufrieden und begann sogleich, von Mamachens Fernsehauftritten zu schwärmen: »Die ›Schmidts‹ konnten wir auch in Spanien empfangen. Ich wusste immer, was für eine begnadete Schauspielerin sie ist! Noch bei unserer letzten Begegnung, in dem reizenden kleinen Hotel am Bodensee, wo wir ihren 90. Geburtstag feierten, sagte sie: Kasi, nie werde ich dir vergessen, dass du eine Zeit lang der Einzige warst, der an mich geglaubt hat!«

Thea war wie vom Schlag gerührt. Schwindelte er, wie

gewöhnlich? Sie versuchte, ihn nicht merken zu lassen, dass sie von diesem Treffen nichts wusste, obwohl Mamachen doch zuletzt so gern mit ihren verflossenen Abenteuern geprahlt hatte.

»Für mich blieb sie stets die alte ewig junge Feodora. Ich werde mir nie verzeihen, dass ich sie danach nicht mehr … Ich wollte gleich, als ich in der Presse davon las … Immer kam etwas dazwischen, und nun ist es …«

Seine Floskeln wiederholten sich. Thea goss eine letzte lauwarme Teepfütze aus dem silbernen Kännchen in ihre Tasse.

Er wage ja kaum, sie noch einmal um ein kleines Souvenir zu bitten. Da überreichte sie ihm mit diabolischem Grinsen Mamachens bombastische Schreibtischgarnitur aus Marmor und Leder, die sie in einem Stoffbeutel angeschleppt hatte, und Kasimir bedankte sich überschwänglich. Mamachen hatte das Teil anlässlich ihrer Ernennung zur Ehrenbürgerin der Stadt bekommen und es mit dem Kommentar »Eigentlich nur geeignet, um Einbrecher zu erschlagen!« hinten unten in ihrem Kleiderschrank verschwinden lassen.

»Sie sehen mich sprachlos und gerührt, liebe Thea! Ich werde Feodoras Schreibtischgarnitur so in Ehren halten wie meine kostbaren Erinnerungen an sie. Darf ich noch eine abschließende Bitte äußern?«

Na bitte, jetzt kommts, dachte sie und wappnete sich innerlich für ein dezidiertes Nein, was immer er auch vorbringen mochte.

Er hätte gern seine Briefe an Mamachen zurück.

Selbstverständlich! Sie war erleichtert. Falls sie noch

existierten. Nichts für ungut, aber sie seien ihr bisher noch nicht begegnet, es gebe allerdings noch ein paar Kartons zu sichten. Sie versprach, sie ihm, sollten sie auftauchen, sogleich unbesehen zu schicken. Er lächelte selbstgewiss: »Sie hat sie bestimmt aufbewahrt!«, und überreichte ihr seine Visitenkarte. »Kasimir Theodor Graf von Glaubersbach-Hofreuthen«.

Thea stutzte. »Ich habe den Namen meiner Frau angenommen«, erklärte er beiläufig.

Während sie seine Karte in ihre Handtasche gleiten ließ, sie waren bereits aufgestanden, betrat überraschend Elfriede das Café Heitmann, Elfriede aus dem Literaturkreis, in Begleitung einer Thea unbekannten jüngeren Frau. Vielleicht eine ihrer Töchter? Kasimir holte zu einer Umarmung aus, mit seinen schlenkrigen oberen Extremitäten, der sie sich mit Sicherheit widersetzt hätte, hätte sie nicht aus den Augenwinkeln Elfriedes neugierige Blicke gefühlt. So ließ sie es – geschmeichelt? – geschehen und drückte ihn selbst ein bisschen länger als nötig. Was sollte es. Sie würde diesen traurigen alten Mann nie wiedersehen.

Als sie sich, alles in allem sehr zufrieden mit sich, zum Gehen wandte, schaute sie in das lauernde Raubvogelgesicht einer uralten aufgedonnerten Schartecke am Nebentisch, die sie im Kommen nur schemenhaft wahrgenommen hatte.

»Verehrte Thea, darf ich Sie mit meiner Gattin bekannt machen«, schnurrte Kasimir hinter ihr. »Philomene Franziska von Glaubersbach-Hofreuthen.« So ein Miststück! Die Vogelscheuche stand nicht auf, als sie Thea ihre Hand hinstreckte. Mindestens hundert und vertrockneter und zusammengeschrumpfter als Mamachen je war oder hätte sein können, allerdings mit wachen heimtückischen Augen, die sie vermutlich während des gesamten Gesprächs mit Kasi in Theas Rücken gebohrt hielt. Ihre bräunlich gesprenkelte Pfote mit den grotesk manikürten Fingernägeln, die sie wie zum Handkuss aushängte, erinnerte Thea an die mumifizierten Krallen der von Tante Agathe geschlachteten Suppenhühner. Sie fühlte sich auch so an. Wolfgang und Ulrich hatten diese Dinger als Jungs manchmal an ihren Türklinken baumeln, um Thea zu vergraulen.

Schaudernd flüchtete sie aus dem Café.

13.

Männer

»*Männer!*«, *rief Mamachen gern bedeutungsschwer* und verdrehte ihre Augen zum Himmel.

»Ihr Ungeheuer namens Hans!«, konnte sie plötzlich ausrufen, mitten auf der Straße stehen bleibend, ohne ersichtlichen Anlass. Vielleicht hatte sie im Vorübergehen eine anregende Schlagzeile der Bild-Zeitung erhascht, vielleicht hatte Thea einen Halbsatz über ein Beziehungsdrama in der Bekanntschaft fallen lassen. Es bedurfte nur vager Anreize, sie auf ihr Lieblingsthema zu bringen.

»Ich habe einen Mann gekannt, der hieß Hans, und er war anders als alle anderen«, deklamierte sie mit Inbrunst. Sie waren vielleicht auf dem Weg zum Hausarzt, der sie zum EKG bestellt hatte, oder zum Orthopäden, um das Korsett anzupassen, das sie vor weiteren osteoporosebedingten Wirbelbrüchen schützen sollte, oder zum Zahnarzt, weil ihre Prothese scheuerte. »Noch einen kannte ich, der war auch anders als alle anderen. Dann einen, der war ganz anders als alle anderen, und er hieß Hans, ich liebte ihn.« Sie kannte große Passagen aus Ingeborg Bachmanns »Undine« auswendig.

»Einen Hans hatte ich nie. Es gab da mal ein eher kleines Ungeheuer namens Franz, nur kurze Zeit – eigentlich eher ein Jammerlappen als ein Monster.«

War Mamachen in den mittleren Jahren eher diskret in Bezug auf ihr Liebesleben, so breitete sie im höchsten Alter gern genüsslich ihre Erinnerungen aus. Warum hatte sie Thea bei diesen Anlässen nie von dem späten Wiedersehen mit Kasimir erzählt? Ihre Geschichten begannen gern mit Wendungen wie »Also, ganz am Anfang mit Max …« oder »Mein langjähriger Verehrer Justus …« oder »Habe ich dir eigentlich mal von der Sache mit Anselm erzählt?«

»Bitte nicht jetzt, Mamachen! Hast du schon deine Tabletten genommen?«

»Ich hab schon Tabletten pfundweis geschluckt. Welche meinst du?«

»Die für die Hirndurchblutung.«

»Männer«, verkündete Mamachen, »sind ein Kapitel für sich.« Wenn sie so richtig in Fahrt kam, konnte nichts sie aufhalten. In den Geschichten aus ihrem Leben wimmelte es von Hallodris, Schlitzohren, tumben Toren und großen Zampanos, von Rohlingen, Rabauken und Rüpeln, von Rosstäuschern, Achtgroschenjungen und Flegeln, von Gecken und Gimpeln, Lackaffen und Pantoffelhelden; aber dazwischen gab es natürlich auch die begnadeten Künstler und verkannten Genies, für die man den besonderen Blick haben musste, meistens schwierige Menschen, trotzige Weltverächter oder Sensibelchen. Manchmal kam Thea der Verdacht, dass ein Gutteil von Mamachens Anekdoten möglicherweise eher Dichtung als Wahrheit war, in künstlerischer Freiheit ihrem theatralischen Fundus entnommen. Dass sie sich sozusagen beliebig Erlebnisse anverwandelte, während sie diese erzählend ausmalte.

»Findet bei dir eigentlich gar nichts mehr statt in puncto Männer?«, erkundigte sie sich lautstark bei Thea, wenn sie im Café saßen. Natürlich war sie zuletzt ein bisschen schwerhörig, doch sie konnte ihre Lautstärke sehr wohl dosieren, wenn sie wollte. Immer wandten sich einige Köpfe verstohlen in ihre Richtung. »Ist da wirklich niemand?«, tönte sie.

»Ich würde an deiner Stelle jetzt keinen zweiten Cappuccino nehmen, sonst kannst du wieder die ganze Nacht nicht schlafen«, erwiderte Thea mit rotem Kopf. Sie hütete sich, ihre tastenden Versuche in Sachen später Partnersuche vor ihrer Mutter auszubreiten, aus einer Art Selbstschutz. Wahrscheinlich traute Mamachen ihr dergleichen ohnehin nicht zu. War Mama mannstoll? Das hatte sie sich manchmal wirklich gefragt.

»Unsinn, Thea, was sind schon zehn oder ein paar mehr Männer in einem so langen Leben, zumal auch Eintagsfliegen darunter waren! Eher bist du die Kuriosität, wenn es bei dir wirklich nur den kleinen Jochen gab in all den Jahren!« Warum musste sie ihren verstorbenen Schwiegersohn fortwährend – mit konstanter Bosheit, anders konnte man das wohl kaum bezeichnen – den »kleinen« Jochen nennen? Er war eineinhalb Köpfe größer als Mamachen in ihren besten Zeiten!

»Ist man bloß liebevoll gemeint, Thea, du nimmst alles gleich krumm, witterst immerfort böse Absicht!«

Es verblüffte sie, wie Mamachen auch in den letzten

95

Lebensjahren, ihren Zustand beharrlich ignorierend, weiter kokettierte und flirtete, sogar noch vom Rollstuhl aus. Sie schien es nicht zu bemerken, wenn die Menschen um sie herum nachsichtig lächelten, doch Thea schämte sich für ihre Mutter und wünschte sich manchmal sonst wo hin.

»Ja du«, rief Mamachen, »du warst ja immer eine Prüde!« Da hatte Thea sie mittlerweile mit etwas Glück aus dem Café oder dem Wartezimmer des Arztes herausbugsiert. »Du hast mir ja schon übel genommen, dass ich dir die Pille aufs Nachttischchen legte, als du anfingst, mit dem kleinen Jochen auszugehen.«

»Mamachen, da gab es die Pille noch gar nicht! Und hier kommt unser Taxi. Bitte warte mit deinen Geschichten, bis wir zu Hause sind!«

»Männer«, sinnierte Mamachen unbeirrt weiter – sie wollte Thea zum Trotz durchaus auch die Taxifahrer an ihren Lebensweisheiten teilnehmen lassen – »sind alles in allem eine so empfindsame Spezies!« Nur während der immer mühsamer werdenden Prozedur des Einsteigens, bei der Thea ihr assistieren musste, gab sie vorübergehend Ruhe.

»Wenn du jung bist, stellst du sie auf ein Podest und himmelst sie an. Anschließend bist du erstaunt, dass du nur pusten musst, um sie von da oben herunterzubefördern. Dann kommt die Zeit, da willst du gleichberechtigt mit ihnen Kräfte messen, heutzutage würde man sagen ›auf Augenhöhe‹, was für ein alberner Ausdruck. Und spätestens jetzt stellst du bass erstaunt fest: Die Helden sind überhaupt nicht belastbar. Du musst ihnen beim Wettlauf einen Vorsprung geben und sie im Ringkampf gewinnen lassen wie die Kinder.« Thea hoffte stets inständig auf ausländische Taxifahrer mit schlechten Deutschkenntnissen, die sich nicht auf ihre Kosten amüsieren konnten. Manche Taxifahrerinnen feuerten Mamachen gar noch an, komplizenhaft: »Wo die alte Dame recht hat, hat sie recht!«

»Männer muss man fortwährend schonen, hegen und pflegen, damit sie einem nicht gleich dahinkümmern. Sie bekommen immer sofort Schnupfen, buchstäblich wie im übertragenen Sinn. Je mehr sie sich in der Öffentlichkeit aufplustern, desto kleiner sind sie daheim. Und im Alter muss man sie dann unter Artenschutz stellen.«

»Na, Sie haben aber schlechte Erfahrungen gemacht!«, protestierten amüsiert die Machos.

»Im Gegenteil, da verstehen Sie mich völlig falsch!«, konterte Mamachen vergnügt. Wenn das Publikum ihr Stichworte lieferte, lief sie zur ganz großen Form auf. Thea entspannte sich erst, wenn sie endlich vor der Haustür angelangt waren und sie ihre Mutter aus dem Taxi zerren konnte, bevor die zu den persönlicheren Anekdoten überging.

»Ausziehen«, verkündete sie, »Zeit für dein abendliches Duschbad.«

»Nicht dass du mich falsch verstehst.« – Mamachen blinzelte versonnen und überließ sich Thea wie eine Stoffpuppe, während sie ihr den Pullover über den Kopf und die Hose die Beine hinunter zog –, »ich betrachte Männer als die Würze des Lebens. Umso bedauerlicher, dass sie so wenig haltbar sind.«

»Wenn ich dir weiter beim Ausziehen helfen soll, müssen wir voranmachen, ich habe noch eine Verabredung!« Mamachen verhielt sich beim Zubettgehen zunehmend passiv, obwohl sie in dieser Zeit körperlich noch oder wieder recht gut beieinander war; sie hätte sich sehr gut selbst ausziehen können, hätte aber dreimal so lang dafür gebraucht, und das mochte Thea ihr nach dem anstrengenden Gang zum Arzt nicht zumuten. Die Pflegerin, die sie zu dieser Zeit hatten, Nummer zwo, kümmerte sich nur vormittags um sie.

»Schließlich hatte ich, aufs Ganze gesehen, ein paar wirklich gute Liebhaber, Erfahrungen, die ich nicht missen möchte,« resümierte Mamachen, abwesend, ohne auch nur im Geringsten mitzutun, als nehme sie gar nicht zur Kenntnis, wie Thea sie entkleidete, »und um an die zu kommen, musste ich wohl auch ein paar Nieten ziehen. Habe ich dir eigentlich mal von der Sache mit Anselm erzählt …?«

»Ein anderes Mal, Mama!«

Erst nach und nach verstummte sie, spätestens, wenn sie keine Zähne mehr im Mund hatte, weil Thea ihre Prothese reinigte.

Thea hatte sie nie mehr nach Kasimir gefragt: was sie eigentlich damals an ihm fand und wie sie inzwischen zu dieser Beziehung stand. Jetzt bedauerte sie es auch, dass sie Mamachen nicht intensiver über Rupert ausgeforscht hatte. Eigentlich hatte sie überhaupt nie nachgefragt, sondern sie reden lassen, ohne wirklich zuzuhören. Heute schien es ihr manchmal, als hätte ihre Mutter, gerade weil und wenn sie sich so extravertiert gab, nie wirklich von sich selbst erzählt, sondern nur posiert, als hätte sie geredet, um zu verbergen.

Ihre Männergeschichten waren allemal besser anzuhören als Theas mit dem Künstler. Der Künstler war das erste ihrer drei über das Internet zustande gekommenen misslungenen Rendezvous. Danach gab es noch einen Professor, der aber gar kein Professor war, sondern ein schon lange pensionierter griesgrämiger österreichischer Oberschullehrer, bar jeglichen kulturellen Interesses, sodass sie nichts mit ihm zu reden wusste. Dann einen geschiedenen Montessori-Lehrer. Der war in Wirklichkeit seit Jahren arbeitslos und Hausmann, Anfang sechzig, eine verkrachte Existenz, lebte mit seinen vier teils schulpflichtigen, teils studierenden Kindern im Haus seiner Ex-Frau, abgeschoben in eine Mansarde. Vermutlich musste er sich mit einem Verhältnis dafür rächen, dass sie ihn immer noch aushielt.

Mit dem Künstler hatte es sich erst so gut angelassen. Sie hatten schon eine Reihe ernsthafter und nachdenklicher, aber auch heiterer und stets geistreicher E-Mails getauscht, als er ihr mitteilte, er habe demnächst eine Ausstellung in ihrer Stadt. Ob das nicht der gegebene Anlass sei, sich jetzt auch persönlich zu treffen? Man könnte in einem kleinen Bistro vorab etwas trinken, dann würde er ihr gern seine Bilder zeigen. Sie war aufgeregt, erwartungsvoll wie ein Schulmädchen, wenn auch etwas enttäuscht, als er sie wissen ließ, dass die Ausstellung nicht etwa in einer Galerie stattfand, sondern in der Gemeinschaftspraxis zweier Internisten.

Die persönliche Begegnung geriet zum Fiasko: Nicht

nur, dass der Mann äußerst unansehnlich war, einen Kopf kleiner als sie selbst, von gedrungener Statur, ein grobes Gesicht mit rotblau schimmernder Nase und zahlreichen geplatzten Äderchen – nur mit Mühe erkannte Thea das Gesicht von dem Foto wieder. Einen wahren Schock bekam sie, als er den Mund aufmachte, um sie zu begrüßen. Da erwies es sich als großer Fehler, dass sie bisher nicht mit ihm telefoniert hatte. Sein grässlich vulgäres Organ mit dem primitiven Ruhrpottakzent ließ sie auf der Stelle in physischer Abscheu erstarren. Nur mit größter Mühe gelang ihr noch ein wenig steife Konversation. Zudem war der Mann ein Säufer. Während sie einen Milchkaffee trank, kippte er zwei Viertel Rotwein hinunter, obwohl er bereits nicht mehr ganz kontrolliert wirkte, als er sie begrüßte.

Am liebsten wäre Thea gleich wieder gegangen, doch sie fand keine Ausrede, die ihr das Besichtigen seiner Bilder erspart hätte. Das war die endgültige Ernüchterung: Ihr vermeintlicher Künstler war ein Postkartenbildchenmaler. Nicht gerade der röhrende Hirsch auf der Waldeslichtung oder Carmen, das feurige Zigeunermädchen, aber nur wenig davon entfernt. Er hatte auf gut dreißig Bildern zwei Motive geringfügig variiert: eine Kopfweide, die sich über ein munter durch Wiesen mäanderndes Bächlein neigte, sowie ein Stillleben aus herbstlichem Obst mit Sonnenblume. Über diese Werke ließ er sich eine volle Viertelstunde mit seinem grauenhaften Organ aus, in beträchtlicher Lautstärke, zwischendurch immer wieder nach ihrem Oberarm grapschend, um sich ihrer Aufmerksamkeit zu versichern, während sie größtmöglichen physischen Abstand zu halten suchte. Er stank aus allen Poren und Kleidern nach kaltem Rauch wie eine ganze übernächtigte Kneipe.

Sie erfand eine Arbeitsgruppe, die sie nicht schwänzen wolle, und ergriff die Flucht. Dabei entkam sie seiner plumpen Umarmung am Straßenrand nicht, während sie wie eine Ertrinkende nach einem Taxi winkte. Sie war erleichtert, dass sie ihm nur ihren Allerweltsvornamen und weder Adresse noch Telefonnummer verraten hatte. Zu Hause löschte sie als Erstes sein Profil aus der Liste ihrer Partnervorschläge, damit er sie nie wieder kontaktieren könnte, und nahm anschließend eine lange warme Dusche. Sie fühlte sich beschmutzt und gedemütigt durch diese vulgäre Stimme und diese schmierigen Pfoten.

Mamachen hätte die Geschichte vermutlich aufs Höchste belustigt. »Kopf hoch, auch wenn der Hals dreckig ist!«, hätte sie Thea aufmunternd zugerufen und dabei schallend gelacht, vielleicht sogar behauptet, sie habe sich da reichlich altjüngferlich verhalten. Mamachen hätte ein vergleichbares Treffen sicher als komischen Erzählstoff ausgeschlachtet, denn sie fürchtete sich, anders als Thea, anscheinend nie vor dem Peinlichen und Lächerlichen. Und sie beherrschte die zweifelhafte Kunst, unerfreuliche Erlebnisse sehr schnell wegzuschieben, als seien sie etwas, das einem anderen, ihr nicht sonderlich nahestehenden Menschen vor ziemlich langer Zeit zugestoßen war.

Thea ahnte inzwischen, dass sie weder Mamachens noch Lisas Geduld mit den Nieten aufbrachte. Lieber niemanden als solche Typen. Auch Steppenwolf konnte ihr inzwischen gestohlen bleiben wie all die anderen virtuellen Mogelpackungen. Lieber gar nichts mehr erwarten, dann konnte man auch nicht enttäuscht werden. Sie würde bei der Internet-Partneragentur kündigen.

»Du brauchst dringend neue Nachthemden, Mamachen.«

Damals konnte ihre Mutter noch ein paar Schritte allein gehen, bei ihr eingehängt, es waren die guten Monate zwischen ihrer Rekonvaleszenz nach dem Schlaganfall und ihren Stürzen mit der nachfolgenden endgültigen Bettlägerigkeit.

»Werden wir in den nächsten Tagen mal besorgen, und neue Unterwäsche gleich dazu.« Wenn Mamachen am Ende eines solchen Tages im Bett lag, warm und wohlig weggesteckt, hatte Thea es auf einmal sehr eilig, wollte fort, vielleicht war Literaturkreis, vielleicht ein Kinoabend oder Vortrag, aber wahrscheinlich wollte sie sich einfach nur zu Hause gemütlich vor den eigenen Fernseher hocken.

»Bis morgen dann, schlaf gut.«

»Gute Nacht, Kind. Und vielen Dank.« Das sagte Mamachen immer zum Abschied, mechanisch, wie auf Knopfdruck.

14.

Noch mal das Liebe Tagebuch

Was für ein Euphemismus, das Altern als Abenteuer zu bezeichnen! Hatte Mamachen wirklich selbst an das geglaubt, was sie an ihrem 90. Geburtstag zum Besten gab, oder war es das berühmte Pfeifen im Walde? Thea fühlte sich einfach nur leer. Vor sich eine konturenlose graue Leere und dahinter das eigentliche Grauen, das eines Tages, in ferner oder schon naher Zukunft – und die Zeit verging so schnell in dieser Gleichförmigkeit – Gestalt annehmen würde, schleichend oder schlagartig. Sein wahres Gesicht zeigen würde, das dieser lähmende Nebel jetzt noch verhüllte.

Sie blätterte im vielleicht zehnten Küchenkatalog. Das könnte es sein: eierschalfarben, blau-graue Randleisten, viel Holz, sündhaft teuer. Vielleicht, vielleicht aber auch nicht. Irgendwie suchte und plante sie freudlos, ganz ohne das erregende Prickeln, das ähnliche Anschaffungen und Veränderungen früher begleitet hatte, und sie konnte sich noch immer nicht recht entscheiden.

Freitag. Zum Glück dehnte sich dieses Wochenende nicht ganz so trostlos vor ihr, sie war morgen Abend mit den Vettern zum Essen verabredet. Die Woche hatte sieben Tage.

Montags Literaturkreis. Und Restmüll.

Dienstags waren die Doktors dran.

Mittwochs Feldenkrais.

Donnerstags Gemeindebibliothek.

Freitags Haushalt, manchmal abends ein Konzertbesuch, eine Verabredung.

Mit etwas Glück auch samstags, sonntags: eine Verabredung ins Kino, zum Tee, ein Spaziergang, notfalls allein. Andernfalls viel Zeit zum Lesen und für Sudokus, meist online, am liebsten die aus der »ZEIT« und der »Süddeutschen«. Eigentlich ein angenehmes, höchst bequemes Leben.

Morgens früh um sechs
kommt die alte Hex.

Von wegen Abenteuer, Mamachen! Thea beobachtete ringsum nur die Banalität des Alterns. Mama, das musste man einräumen, war niemals banal gewesen. Leicht verrückt, etwas überkandidelt, doch sie hatte immer Format, nicht nur in der Phase ihres späten Ruhms, sondern auch als erfolglose Schauspielerin, selbst noch in den Jahren des körperlichen Verfalls.

In Mamachens Bad waren inzwischen sämtliche sanitären Einrichtungen herausgerupft und Fliesen und Kacheln entfernt worden. Jetzt wartete sie auf den Installateur und den Fliesenleger. Thea fühlte sich müde und ausgelaugt. Kasimirs Briefe fielen ihr ein, sie hatte doch versprochen, sie ihm gleich zu schicken, doch nach der Fotoaktion hatte sie die Kartons mit Mamachens Papieren nicht wieder angerührt. Bleischwer lagerte die Banalität der Rentnerwoche auf ihr.

Morgens früh um acht
wird Kaffee gemacht.

Sie rief im Nachlassgericht an, um sich zu erkundigen, wie lange es mit dem Erbschein noch dauern würde. Ihre Mutter war also hier gemeldet. Liegt ein Testament vor? Nein. Sie haben sämtliche Dokumente eingereicht? Ich denke doch. Mal schauen, Sterbeurkunde, Personalausweis der Verstorbenen, beglaubigte Kopie Ihres eigenen, Ihre Geburtsurkunde liegen vor. Ein Familienstammbuch gibt es nicht? Sie sind der einzige Abkömmling? Ihre Mutter war verwitwet? Hier ist die Sterbeurkunde des zweiten Ehemannes der Verstorbenen, es gibt aber keinen Scheidungsnachweis über die erste Ehe, soweit ich sehe. Die konnte ich bei den Unterlagen meiner Mutter nicht finden, doch sie hätte wohl kaum zum zweiten Mal heiraten können, wenn die erste Ehe nicht rechtskräftig geschieden worden wäre. Sollte man meinen. Sie können den Erbschein sicher in Kürze abholen, wir werden Sie benachrichtigen, bitte den Personalausweis mitbringen, Amtsgericht, Bismarckanlage 4, Montag bis Freitag, 9 bis 12 Uhr, Zimmer 4.

Jeden zweiten Montag war nicht Restmüll, sondern Gelber Sack, Verpackung & Recycling. Also jetzt schon daran denken, den richtigen Abfall vor die Haustür zu stellen. Dann natürlich der Literaturkreis, neuerdings alle vierzehn Tage, ein Lichtblick.

Dienstag: Arzttermine legte sie, wenn möglich, stets auf den Dienstag, der Dienstag war schon Mamachens regulärer Arzttag gewesen. Nächste Woche Vorsorge Gynäkologie. Letzte Woche war es der Orthopäde. Davor die gründliche Zahnreinigung, zweimal jährlich. Übernächsten Dienstag musste sie zum Augenarzt, von wegen beginnendem grauen Star, irgendwann würde die OP fällig sein, so lästig.

Mittwochs ging sie zur Feldenkrais-Gymnastik. Eigentlich müsste sie mehr für ihre Gesundheit tun. Elfriede hatte drei sportliche Termine in der Woche: Pilates, Walking und Unterwassergymnastik. Beweglichkeit und Balance auf der einen, Ausdauer und Krafttraining auf der anderen Seite, dozierte sie, die beiden Säulen der physischen Vorsorge, wir müssen Verantwortung für unser eigenes Altern übernehmen. Thea überlegte schon länger im Stillen, ob sie sich nicht dieser Walking-Gruppe anschließen sollte, von der Reinhild schwärmte, doch die trafen sich immer donnerstags, und das war ihr Tag fürs Ehrenamt.

Jeden Donnerstagnachmittag absolvierte sie ihren Dienst in der Gemeindebibliothek, die zweimal wöchentlich vier Stunden geöffnet hatte. Es machte ihr eigentlich keinen Spaß, selten mehr als drei Besucher – Besucherinnen, würde Irmela sie korrigieren. Falls es je Spaß gemacht hatte. Aber was machte ihr überhaupt Freude? Sie könnte mit Frau Sauer tauschen, die montags Dienst tat, dann wäre noch Zeit zum Walken. Doch Bibliothek und Literaturkreis an einem Tag?

Freitags kaufte sie immer fürs Wochenende ein (früher für Mama und sich selbst) und putzte anschließend die Wohnung, einschließlich des seit Jochens Tod leer stehenden zweiten Schlafzimmers. Sie würde sich von nun an eine Putzfrau leisten können, sie war jetzt eine finanziell gut situierte Frau. Doch der Gedanke an eine fremde Person in ihrer Wohnung war ihr zuwider. Sie könnte reisen, wohin sie wollte, diese Beschäftigungstherapie der wohlhabenden Alten, sich mit Wellness-Wochen verwöhnen, teure Kleider kaufen. Sie hatte zu nichts Lust.

Kasimirs Briefe. Sie sollte das nicht auf die lange Bank schieben, sondern gleich hinter sich bringen.

Mamachen hatte in den letzten Jahren nach und nach ihren Terminkalender überwuchert. Das große Loch am Wochenende, jetzt, da sie tot war.

Vielleicht könnte sie noch einen Kurs belegen, zum Beispiel ihr Englisch wieder auffrischen. Töpfern, was Lisa betrieb, lag ihr nicht. Eigentlich hätte sie gern wieder mehr mit ihr unternommen. Sie sahen sich so viel seltener, seit der schöne Wulf-Dieter auf den Plan getreten war. Wenigstens der Literaturkreis war ihr geblieben.

Natürlich brauchte sie keine weiteren Kurse. Es gab ohnehin schon genug banale Tätigkeiten, über denen ihre Tage in null Komma nichts verflogen. Nur die Abende zogen sich manchmal.

Was tut die alte Hex
allein mit sich nach sechs?

Thea wühlte lustlos, unsystematisch in einem der Kartons und wurde bald fündig: Kasis Briefe fanden sich in einer edlen antiken Holzkassette. Mamachen hatte sie wahrhaftig mit einer goldenen Kordel zweimal umwickelt, sie zählte sechsundsiebzig Stück, chronologisch geordnet, zwei datierten wahrhaftig noch aus der Zeit nach ihrem 90. Geburtstag. »Geliebte wunderbare Frau!« Kasis steil links gerichtete Handschrift, mit den prahlerisch aufgeblähten Oberlängen, sogar kleine, von ihm rasch hingeschmierte Zettel hatte sie gesammelt. »Feodora, meine Göttin!« Grauenhafter Schmalz, wie nicht anders zu erwarten. »Bitte melde dich, ich werde verrückt, wenn ich dich nicht sehen darf.« Ich ertrage es jetzt nicht, darin zu lesen, dachte Thea – doch noch unerträglicher war der Gedanke, nie mehr zu erfahren, was genau zwischen den beiden gewesen war. So entnahm sie dem Stapel auf gut Glück ein paar Briefe, erst drei, dann fünf und noch die beiden letzten, nein, ganz bestimmt würde sie die nicht gleich lesen, sie stopfte sie vorerst hinten unten in ihren Schreibtisch. Er würde kaum bemerken, dass ein paar fehlten – und wenn schon, Mamachen könnte sie verloren oder vernichtet haben. Außerdem gehörte der Nachlass juristisch gesehen ihr, der Tochter. Sie konfiszierte noch ein paar weitere umfangreichere Ergüsse, dann schob sie den restlichen Stapel in einen wattierten Umschlag und adressierte ihn ohne Begleitbrief an Kasimir Graf von und zu. Aufgabe erledigt. Und wenn seine Schreckschraube die Post entgegennahm?, dachte sie mit leichter Schadenfreude. Sein Problem. Weg damit.

Sie sollte, statt sich über die Banalität des Alterns zu beklagen, dankbar sein für den ruhigen, geordneten Gang ihres Lebens. Dankbar sein, dass sie noch gesund und einigermaßen beieinander war, dass ihre Beine sie noch trugen und dass sie, Mamachen sei Dank, finanziell gut versorgt war für den Fall eigener zukünftiger Pflegebedürftigkeit. Jeden Tag nehmen, wie er kam. »Ihr seid doch Luxusgeschöpfe, du und deine Damen, Parasiten der Wohlstandsgesellschaft, alle miteinander«, hatte Mamachen manchmal verächtlich geäußert.

Jammern auf hohem Niveau. In Wirklichkeit hing sie doch an ihren wenig aufregenden Alltagsritualen und wünschte sich eigentlich nichts mehr, als ihren Rhythmus aufrechterhalten zu können, solange es eben ging. So wie es jetzt war, mit fast siebzig, sollte es auch mit 80 noch sein und sollte es bleiben bis 90, zwar nicht in alle Ewigkeit, vielleicht wollte sie doch lieber etwas eher sterben als Mamachen, bitte einfach so, friedlich und heiter einschlafen, nicht wieder aufwachen.

Bis dahin lautete das Stoßgebet: Lieber Gott, bitte erhalte den Status quo!

Und hieß das nicht: stillhalten? Zur Salzsäule erstarren oder ins Gefrierfach steigen, die Zeit anhalten, um der Vergänglichkeit weniger Angriffsfläche zu bieten.

15.

Die Vettern

»*Deine Mutter war wirklich* eine ganz außergewöhnliche Frau.«

Die Vettern waren tatsächlich ohne Gattinnen erschienen, erfreulicherweise. Da saßen sie nun zu dritt und speisten hervorragend, dergleichen hatte es nie zuvor gegeben, in diesem Restaurant, das Thea bisher nur vom Hörensagen kannte. »Ein Tante-Amalie-Gedenk-Essen«, hatte Ulrich am Telefon vorgeschlagen, »ein Familientreffen im kleinsten Kreis.« Es war Jahre her, dass sie zuletzt bei Ulrich eingeladen war, zusammen mit Mamachen – und bei Wolfgang? Jahrzehnte. Bestimmt waren sie seit Tante Agathes Tod nicht mehr bei ihm und seiner Frau zu Besuch gewesen.

Als Vorspeise wählte sie eine hauchdünne Tarte mit Sauerampfercreme. Auch die Bärlauchsuppe mit den winzigen Kalbsbriesknödeln, die Wolfgang sie kosten ließ, war delikat. »Ein bisschen was anderes als die Querdurch-den-Garten-Suppe unserer Mutter. Die schmeckte einfach nur grün.«

»Aber wir löffelten sie brav«, ergänzte Ulrich grinsend, »in der vergeblichen Hoffnung, danach würde noch was Handfestes kommen. Ich sehe noch Theas langes Gesicht.«

Sie lobte den guten Geschmack der Vettern bei der Restaurantwahl, die Räumlichkeiten waren zwar etwas altväterlich, doch Aperitif und Vorspeisen ließen ihr Herz höherschlagen. Wahrhaftig etwas anderes als die Bistros, die Lisa so mochte.

Zwischen ihrem sechsten und dreizehnten Lebensjahr hatte sie nahezu alle Sommerferien und manche Oster- und Herbstferien mit den Vettern verbracht, Ulrich vier und Wolfgang zwei Jahre älter als sie, bei Onkel Karl und Tante Agathe, Mamachens einziger Schwester. Mamachen fand, sie müsste von Zeit zu Zeit unter Kinder kommen, wohl nicht ganz ohne Hintergedanken. Wenn sie ihr Töchterchen los war, hatte sie sturmfreie Bude.

»Gute Zeiten«, behauptete Ulrich. Er hatte sein Amuse-Gueule schon verschlungen, während Thea es noch andächtig mit der Gabel zerpflückte. Anschließend verputzte er das vorab gereichte Brot mit der Knoblauchbutter fast allein. Kein Wunder, dass er in den letzten Jahren so zugelegt hatte. Als junges Mädchen hatte sich Thea sehr gemüht, ihm zu gefallen, noch bis sie Jochen kennenlernte, doch er quittierte das die meiste Zeit mit Gleichgültigkeit. »Für mich bitte den Loup de mer.«

Thea entschied sich für das Rinderfilet aux fines herbes, an Prinzessböhnchen, mit Kartoffelgratin. »Ich erinnere mich vor allem an die abgetrennten Krallen der Suppenhühner, die ihr mir unter die Bettdecke gelegt habt.«

»Das war Wolfgang«, erklärte Ulrich prustend, »ich weise alle Verantwortung von mir!« Wie schnell der Mann futterte, ihr wurde ganz schwindelig vom Zuschauen.

»Du dagegen warst ja immer der gute große Junge«, höhnte Wolfgang. Er kaute bedächtig und genießerisch. Im Alter schien sich die frühere Rollenverteilung der beiden umgekehrt zu haben. Heute sah Wolfgang besser aus, er wirkte auch ausgeglichener und selbstbewusster, während er als Junge ein maliziöser zappeliger Bindfaden war, der sich vergeblich anstrengte, seinen großen Bruder auszustechen. Vielleicht hing Ulrichs permanente Anspannung mit den Sorgen um seine jüngste Tochter Irene zusammen. Sie war schwerbehindert, körperlich und geistig, und lebte mit Mitte dreißig noch zu Hause. Ulrich und seine Frau suchten schon lange nach einer geeigneten Institution oder Behinderten-WG für sie, in der sie heimisch werden sollte, bevor sie zu alt würden, sich selbst weiter um sie kümmern zu können. Mehr als schwierig, fast aussichtslos, berichtete Ulrich, alle guten Heime in privater Trägerschaft, unerschwinglich, die Kasse zahle nur einen lachhaften Anteil. Wolfgangs beiden Söhne dagegen waren gut verheiratet, beruflich erfolgreich, auch die Enkel florierten in Schule und Studium, wenn man seinen Lobeshymnen glauben durfte.

Schneeweißes steifes Leinen, altmodisch schweres Tafelsilber, ein umsichtiger Kellner, der aufmerksam nachschenkte und nachlegte, dazu die ganze Batterie von Gläsern. Wann hatte sie zuletzt derart luxuriös getafelt? Sie würde sich das jetzt öfter leisten können, schoss es ihr durch den Kopf, sie würde auch ihrerseits die Vettern mal einladen können.

So idyllisch wie die hatte sie die Ferien früher allerdings nicht in Erinnerung. Natürlich war sie damals tief beeindruckt von dem Haus und dem großen Garten. Die Verwandten lebten so, wie sie sich glückliche, reiche Menschen vorstellte – eine richtige Familie eben, ein Eigenheim, Limonade trinken, wann immer man wollte! Sie, das Einzelkind aus der Stadt, kam aus einer engen Wohnung und war aufrichtig dankbar, bereit alles zu bewundern. Einen Ferientag um den anderen dackelte sie ergeben hinter den Vettern her. Doch Wolfgang ärgerte sie, wo er konnte, nannte sie eine langweilige Heulsuse und spielte nur mit ihr, wenn Ulrich ihn hatte abblitzen lassen. Ulrich gab sich gern als ihr Beschützer, behandelte sie aber die längste Zeit wie Luft. Sie waren in dem Alter, in dem man Mädchen blöde fand.

Sie hätten sich doch als Kinder gut verstanden, alles in allem, die üblichen Neckereien eingeschlossen, meinte Wolfgang. Neckereien? Thea hatte sich meist bitter einsam gefühlt in diesen Ferien, gerade noch geduldet, manchmal wie eine Aussätzige.

Allerdings habe zwischen den Müttern eine scharfe Konkurrenz bestanden, räumte Ulrich ein. »Wirklich ungleiche Schwestern! Tante Amalie ein Temperamentsbündel, sozusagen ständig auf der Bühne, unsere Mutter dagegen pragmatisch, staubtrocken – aber dafür alltagstauglicher.«

Tante Agathe, hager und verkniffen, auch etwas bigott, verachtete und beneidete Mamachen wegen ihres leichtfertigen Lebenswandels, und sogar ihre bemühte Freundlichkeit Thea gegenüber hatte etwas Kränkendes gehabt, als müsste sie die arme Tochter dieser völlig überdrehten Person für etwas entschädigen. Am liebsten war ihr noch

Onkel Karl gewesen, der ihr, dicklich und gutmütig, gelegentlich Süßigkeiten zusteckte, aber nichts zu melden hatte, weil er ganz und gar unter Agathes Pantoffel stand.

Noch ein Viertel von dem hervorragenden Roten, einem Bordeaux, der samtig durch die Kehle glitt. Ein angenehmer Abend, fand Thea. Allmählich wurde sie wohlig müde. Sie hatte sich gleich zu Beginn des Abends gebührend nach den Gattinnen, den diversen Kindern und Enkeln erkundigt. Die Vettern hatten nach ihren Plänen gefragt, ihr warm zu einer Kreuzfahrt geraten, und nach und nach versiegte auch der scheinbar unerschöpfliche Gesprächsstoff Kindheit.

»Wir sollten uns in Zukunft öfter sehen, warum nicht dann und wann zusammen essen gehen?«, meinte Wolfgang und lobte noch einmal seine Seezunge, retrospektiv, während er genießerisch den letzten Rest der Weinsoße mit einem Stück Baguette vom Teller tupfte. »Schließlich sind wir jetzt die Alten, die Generation ganz oben, wo es allmählich zugig wird.«

»Wäre es nicht schön gewesen, wenn unsere Mütter noch genug gemeinsame Lebenszeit gehabt hätten, um ihre Rivalitäten zu begraben?«, räsonierte Ulrich. »Zuletzt sind sie sich doch deutlich näher gekommen.«

Was Ulrich Annäherung nannte, bestand darin, dass Tante Agathe, nachdem Onkel Karl gestorben und Mamachen ein Fernsehstar war, mit ihr in den Urlaub reisen wollte. Nach Theas Erinnerung stichelten die beiden im Alter munter weiter, nach dem eingespielten Muster ihrer frühen Tage, bis Agathe mit 87 Jahren starb: Wer ist tüchtiger, wer der bessere Mensch? Wer hat das richtige Leben gelebt? Punktsieg für Mamachen in der letzten Runde, nachdem die ältere Schwester so viele Jahre mit ihrer bürgerlichen Existenz hatte trumpfen können.

Allmählich wurde ihr das Harmoniegesäusel der Vettern doch etwas verdächtig. Und tatsächlich, beim Tiramisu respektive der Crème brulée ließ Ulrich die Katze aus dem Sack. »Ich habe da noch eine Frage, ganz direkt, du nimmst sie mir sicher nicht übel, Thea – Tante Amalie hat doch ein Testament gemacht? Ich wundere mich, dass wir noch gar nichts vom Nachlassgericht gehört haben.«

»Hat sie nicht«, erwiderte Thea, überrumpelt, vielleicht ein bisschen zu scharf. »Warum sollte sie auch? Es gibt nur mich.«

»Hast du gründlich nachgeschaut?«, fiel Wolfgang eifrig ein, als hätte er die ganze Zeit auf sein Stichwort gelauert.

Was fiel denn denen ein? Theas aufgeräumte Stimmung sackte blitzartig in sich zusammen. Ihr spinnt ja wohl!, wollte sie rufen, riss sich eben noch zusammen. Schließlich hatten die beiden sie eingeladen und würden gleich zur Kasse gebeten.

Tante Amalie habe bei ihrem letzten Besuch definitiv von einem Testament gesprochen, behauptete Ulrich.

»Und wann soll das gewesen sein, bitte?«

Sie habe ihnen erklärt, selbstverständlich sei Thea die Haupterbin, doch sie habe Legate für die beiden Neffen und etwas kleinere für deren Nachkommen vorgesehen. Sie habe explizit erklärt, dass sie sich so an den Kosten eines privaten Heims für die arme Irene beteiligen wolle, außerdem das USA-Studium für Markus, Wolfgangs

Enkel, ermöglichen und die Anschaffung einer Geige für seine Enkelin Tanja. Das sei auch als posthumer Dank an Agathe zu verstehen, die früher so viel für Thea getan habe.

»Es gibt kein Testament!«, wiederholte Thea gereizt. »Ich habe zwar noch nicht jedes ihrer Papiere einzeln angesehen – aber ein Testament wäre mir ja wohl aufgefallen!«

Warum sollte Mamachen plötzlich verspätet ihr Herz für Agathes Brut entdeckt haben? Und wann? Wie hatten sich die Vettern ohne ihr Wissen an Mama herangemacht?

»Wann wart ihr überhaupt bei ihr? Das wüsste ich doch!«

Sie wirkten nervös. »Anfang Februar. Zwei, drei Wochen vor ihrem Tod. Tante Amalie sagte am Telefon, sie würde sich freuen, wenn wir sie wieder mal besuchen kämen. Du warst an dem Abend wohl bei deinem Literaturkreis.« Wolfgang faltete und entfaltete seine Serviette. Ulrich lockerte die Krawatte, in seinem Schnauz klebte eine Spur Crème brulée. Und wieder der Mundgeruch.

»Wünschen Sie noch einen Kaffee? Espresso? Ein Digestif?«, fragte beflissen der Kellner.

»Nein, danke!«, sagte sie und schob abrupt ihren Stuhl zurück. »Es gibt kein Testament!« Ihr reichte es jetzt. »Im Übrigen war meine Mama keineswegs so vermögend, wie ihr zu denken scheint. Ich möchte jetzt gehen.« Der Kellner, schon abgewandt, schwang in einer halben Kehre zurück und packte ihren Sitz höflich bei der Lehne, an-

116

scheinend peinlich berührt über diesen Abgang. Auch die Vettern sprangen auf.

»Die Rechnung, bitte!«, sagte Ulrich gequält, leicht errötet, aber das mochte auch der Alkohol sein. »Man wird ja mal fragen dürfen.« Wolfgang jedoch wiederholte ungerührt, penetrant freundlich: »Du schaust aber doch noch mal gründlich nach, Thea?«

Was für eine Unverschämtheit.

16.

Norgard

Thea fühlte sich beim Aufwachen genauso zerschlagen wie am Abend zuvor. Während sie mit der Kaffeetasse in der Hand blicklos aus dem Fenster starrte, spürte sie Spannungsschmerzen im Kopf aufsteigen. Seit Mamachens Tod war sie von der Migräne verschont geblieben. Hoffentlich konnten die Tabletten die Attacke noch abwenden. Nach dem Treffen mit Ulrich und Wolfgang hatte sie lange wach gelegen, sich unruhig gewälzt und wüst geträumt. Eigentlich präsentierte sich das da draußen als heiterer Frühlingstag. Sie hätte sich am liebsten gleich wieder ins Bett verkrochen an diesem leeren Wochenende, doch sie wusste, sie musste sich jetzt sofort und ohne Aufschub einen Überblick über Mamachens Papiere verschaffen, um den Druck loszuwerden, der sich in ihr zusammenballte. Um den Anwürfen der Vettern jegliche Nahrung zu entziehen. Doch wohin mit ihrem Groll, ihrer beleidigten Wut?

Der April zeigte ein sanftes Gesicht, weiße Wölkchen kräuselten sich am blassblauen Himmel, zartes Frühlingsgrün spross aus den Büschen der Vorgärten und die Vögel spektakelten übermütig in den noch überwiegend kahlen Bäumen. Heute hätte ich Mamachen im Rollstuhl durch den Park geschoben, dachte sie, und Mamachen hätte mit Inbrunst Frühlingsgedichte deklamiert. Frau B. hätte, während sie Thea half, den Rollstuhl samt Mamachen in den Aufzug und über die zwei Stufen am Hauseingang zu bugsieren, angekündigt, dass sie nun in Ruhe einkaufen und kochen könne, hätte sich vergewissert, dass zum Beispiel Kalbsgeschnetzeltes mit jungen Kohlrabi recht sei, vorwegnehmend, dass Thea zum Mittagessen bleiben werde. Beim Gedanken an Frau B.s gute Küche ging ihr flüchtig durch den Kopf, dass sie sich seit Mamachens Tod weder regelmäßig noch gesund ernährte. Das musste besser werden. Doch wahrscheinlich wäre es ja nur einer dieser traurigen Ausflüge der letzten Wochen geworden, Mamachen zusammengesunken im Rollstuhl, in sich gekehrt, einsilbig, »Lass mich!« knurrend, wenn Thea sie auf das Licht und die Farben in der Natur ringsum aufmerksam machte.

In Lisas Wohnung meldete sich nur der Anrufbeantworter. Sollte sie bei der weltläufigen Elfriede Trost suchen? Die kannte sich aus mit launischen Greisinnen, erzählte häufig im Literaturkreis, was ihre pflegebedürftige Schwiegermutter nun wieder angestellt habe. Allerdings stand Elfriede wohl doch in einem etwas anderen Verhältnis zu ihrer Schwiegermutter als Thea zu Mamachen. Bisher hatte sie außerhalb der Literaturtreffen keinen Kontakt mit ihr. Vielleicht fürchtete sie sich auch vor Elfriedes Überlegenheit, hinter der sie Herablassung ahnte. Und was sollte sie ihr überhaupt erzählen: Meine Vettern behaupten, ich hätte ein Testament meiner Mama unterschlagen? Kann dir doch egal sein, würde Elfriede erklären, das ist doch deren Problem.

Thea schleppte einen von Mamas Umzugskartons ins Wohnzimmer, ließ sich im Sessel davor nieder und starrte ihn eine Weile an, während sie auf den Energieschub wartete. Die Frühjahrssonne warf schräges grelles Licht durchs Fenster, in ihrem Strahl tanzten die Staubkörner. Hinter dem Karton stand Mamachens antiker englischer Sekretär, viktorianisch, für den sie noch keinen rechten Platz gefunden hatte, wie ein hochmütiger Fremdling zwischen ihren abgewohnten Möbeln. Schließlich griff sie nach dem Telefon und wählte Norgards Nummer.

»Hättest du Zeit und Lust, heute Abend mit mir essen zu gehen?«

Sie fand sich sehr mutig; sie war bisher nie so direkt auf andere zugegangen. Eigentlich war Norgard ihr etwas unheimlich, ein absonderliches Unikum. Aber schließlich hatte sie sich Thea anvertraut, als ihr Kater starb. Norgard war als Letzte zum Literaturkreis gestoßen, nie verheiratet, Versicherungsmathematikerin, »noch vor dem EDV-Zeitalter«, fügte sie stets hinzu. Sie hielt sich sehr für sich und schien dabei beneidenswert gut mit ihrem Leben zurechtzukommen. Noch im Ruhestand, bis jetzt, hatte sie sich eine kuriose Liebe zur Mathematik bewahrt – die letzte Silbe dieses Wortes sprach sie nicht wie »tick« aus, sondern mit lang gedehntem »ie«, »Mathematiiieek«, was der Wissenschaft etwas Ätherisches verlieh.

Abends passe es ihr nicht, sagte Norgard, weil sie am Spätnachmittag mit Madame Curie, ihrer anderen Katze, die unter unerklärlichen Blähungen leide, zur Tierklinik müsse. Aber heute Mittag habe sie Zeit. Obwohl Thea der Gedanke unangenehm war, dass Norgard ihre Bedürftigkeit spüren könnte, akzeptierte sie gleich und schlug das Bistro vor, in dem sie sich immer mit Lisa traf.

»Warum kommst du nicht einfach bei mir vorbei?«, fragte Norgard. Thea hatte ihr so viel Spontaneität gar nicht zugetraut – oder war es vielleicht nur Bequemlichkeit?

Immerhin schien nach diesem Telefongespräch der Migräneanfall abgewehrt, die Übelkeit verflogen, sie konnte erstaunlicherweise sogar eine Scheibe Brot mit Käse zu sich nehmen und machte sich dann mit frischer Energie über Mamachens Briefschaften, Dokumente, Hefte, Mappen und lose Blätter her. Überfliegen, wegwerfen – oder sortieren, Stapel bilden. Sie stieß auf ein schmales, vielversprechendes Briefbündel, offenbar Mamachens Korrespondenz mit ihrem ersten Mann Otmar. Das legte sie sich für später beiseite. Leider gar nichts, was ihren Vater Rupert betraf. Sollte sie all die Zeitungsausschnitte über Mamachens Auftritte wirklich behalten?

Als sie sich mittags auf den Weg zu Norgard machte, fühlte sie sich tüchtig und deutlich besser. Die zwanzig Minuten zu Fuß würden ihrem Kopf guttun. Der erste Karton war durchgearbeitet, nachmittags könnte sie sich den zweiten vornehmen. Ein bisschen verlegen ließ sie sich von Norgard schmackhafte Kartoffelsuppe mit Rindfleisch und Kresse servieren, dazu gebutterten Toast, anschließend gab es noch Kaffee und ein Stück etwas altbackenen Streuselkuchen. Zwei-, dreimal im Jahr tagte der Literaturkreis hier; Norgards Einrichtung war ihr zwar gemütlich, aber immer altmodisch und wenig inspiriert erschienen. Jetzt, mitten am Tag, im unbarmherzigen Frühjahrslicht, bemerkte sie die Wollmäuse in den Ecken, die reichlich verschmierten Fensterscheiben, die Ansammlung von alten Decken und verfleckten Kissen, mit denen sie lieber keine nähere Bekanntschaft machen wollte.

Norgard erzählte von ihrem verstorbenen Kater. Omar Sharif sei schon länger nierenkrank gewesen; sie habe für ihn Diät kochen müssen und er brauchte zweimal am Tag ein kaltes Wannenbad. Es sei schwierig gewesen, ihn dazu zu bewegen, genug zu trinken, denn mit den Jahren sei er sehr eigen geworden, alles musste genau so laufen, wie er es gewohnt war, wie er es haben wollte. »Altersstarrsinn!«, sagte Norgard lachend, »aber er war ein so intelligentes, einfühlsames Tier.« Wenn sie mal ein oder zwei Tage – nie länger – verreist war, hatte sie von unterwegs immer zu Hause bei ihren Katzen angerufen und längere Zeit für sie auf den Anrufbeantworter gesprochen, »Hallo, wie geht's, wie steht's, wie ist das Wetter bei euch, ich bin dann morgen zurück, wenn alles klappt, am späten Nachmittag.« Sie war sicher, dass ihre Stimme die beiden beruhigte. »Ich habe mir, wenn ich mit ihnen telefonierte, immer vorgestellt, wie sie um den Telefontisch herumstrichen und schnurrten.«

Thea überlegte im Stillen, wie alt Norgard eigentlich sein mochte, wohl nicht älter als Mitte siebzig, aber irgendwie schon eine richtig alte Frau, fand sie.

Katzenkissen und Katzenhaare auf sämtlichen Sesseln und den beiden Sofas. Doch Madame Curie blieb zu Theas Erleichterung unsichtbar, vermutlich in einem anderen Zimmer eingeschlossen. Norgards Schreibtisch in der Ecke quoll von Papieren über.

»Du weißt ja, mein Strickzeug«, murmelte Norgard entschuldigend.

Das »Strickzeug« war ein mathematisches Problem, mit dem Norgard sich im Ruhestand schon viele Jahre beschäftigte. Sie hatte im Literaturkreis ein paar Mal davon erzählt, eine abstrakte Spielerei, irgendein Beweis, bei dem es um die Teilbarkeit – oder vielmehr die Nichtteilbarkeit? – von Primzahlen ging, wenn man bestimmte Rechenoperationen mit ihnen vornahm. Thea hatte ihre Erklärungen ebenso wenig verstanden wie die anderen. Norgard machte beinahe etwas Philosophisches daraus, ein Paradoxon, behauptete sie, ein kleinwinziges und irrelevantes, aber bisher ungelöstes theoretisches Problem, im Prinzip wohl auch nicht lösbar. Es sei ungeheuer anregend, sich immer neue Varianten von Beweisen auszudenken, die aber bislang nie ganz zum Ziel führten. In Sachen »Strickzeug« hatte Norgard bis vor Kurzem regelmäßig mit einer ehemaligen Studienfreundin korrespondiert, die schon lange in Kalifornien lebte und dort anscheinend über das gleiche mathematische Problem nachdachte. Die Freundin war vor einem halben Jahr verstorben, seitdem ruhte das Strickzeug, und nun war auch noch ihr Kater gestorben.

Thea dachte, dass Norgard, da sie so versessen auf ihre Primzahlen war, eigentlich auch Spaß an Sudokus haben müsste. Oder war ihr so was zu simpel? Sie hätte gern ein bisschen mit den Strategien angegeben, die sie sich im Laufe der Zeit zurechtgelegt hatte, ganz für sich allein, mit denen sie sogar die schwierigsten knacken konnte.

Stattdessen erzählte sie, als Norgard feststellte: »Dir

geht es es offenbar auch nicht sonderlich gut zurzeit«, vom gestrigen Abend mit den Vettern.

»Was trifft dich mehr: dass deine Mutter ein Testament gemacht haben könnte oder die Unterstellung, du hättest es unterschlagen?«

»Aber sie hat keins gemacht.«

Norgard fragte unvermittelt, während sie den ältlichen Kuchen, der Thea ohnehin nicht recht schmeckte, un-appetitlich mit den Händen zerkrümelte »Hasst du deine Mutter eigentlich?«

»Wie bitte?«

»Ob du wütend auf sie bist? Ihr Dinge nachträgst? Dich ärgerst oder grämst, dass du irgendwas nicht mit ihr ge-klärt hast, solange sie noch lebte.«

Darauf wusste Thea so schnell keine Antwort.

Norgards kuriose kleine Stecknadeläugelchen fixier-ten sie durch die dicken Brillengläser. Thea schüttelte die Frage ab.

»Wohl kaum«, meinte sie kühl, »ich hatte schließlich lange genug Zeit mit meiner Mama.«

»Das muss nichts heißen«, erwiderte Norgard vorsich-tig, hörte auf zu krümeln und ließ das Thema fallen.

Nein, dachte Thea auf dem Weg zurück nach Hause, eigentlich wollte sie mit dieser Frau doch nicht näher be-freundet sein. Sie war zu verschroben, mit ihrer Mathe-matik, außerdem überall die Katzenhaare und der strenge Geruch der Viecher in der Wohnung.

Aber konnte sie es sich leisten, so auf dem hohen Ross zu sitzen? Schließlich hatte sie außer Lisa, von der sie in letzter Zeit definitiv vernachlässigt wurde, keine Freundinnen, und wenn sie ehrlich war, gab es auch kein großes Angebot an Menschen, mit denen sie noch Freundschaften aufbauen konnte. Elfriede kam ihr in den Sinn, wie sie immer wieder eindringlich von der Wichtigkeit sozialer Netzwerke im Alter predigte. Mamachen hatte keine Freundinnen und war trotzdem zufrieden gealtert. Sie hatte allerdings Thea gehabt – einerseits weniger und andererseits viel mehr als eine Freundin. Thea hatte keine Tochter, die ihr später mal beistehen würde. Vielleicht waren Mamachens frühere Freundinnen schon sämtlich weggestorben, als sie das hohe Alter erreichte, doch trotz intensiven Nachdenkens fielen Thea keine Frauen ein, mit denen ihre Mutter in den mittleren Lebensjahren vertraut gewesen war. Mit der älteren Schwester Agathe verband sie mehr Rivalität als Nähe. Mamachen war eine Femme à hommes, wie sie im Buche stand; für sie hatte es immer nur Männer gegeben.

Norgards Freundinnen waren ihre Katzen.

Hassen – wie kommt sie bloß darauf!, dachte sie. Aber natürlich konnte sich jemand Außenstehendes gar nicht vorstellen, welche widersprüchlichen Gefühle Mamachen in anderen auslöste, weil sie so widersprüchlich und sprunghaft war, so wenig greifbar.

»Warum willst du in die Wohnung deiner Mutter ziehen?«, hatte Norgard noch gefragt und sie aufmerksam gemustert.

Vielleicht schaute sie gar nicht so durchdringend, vielleicht entstand dieser Eindruck nur wegen der dicken Brillengläser. Wenigstens war sie ihr nicht gleich mit Verachtung gekommen wie Lisa: »Du willst doch nicht allen

Ernstes …« Und sie hatte sich Theas Antwort in Ruhe angehört.

»Die Wohnung meiner Mama ist praktisch. Hat jeden Komfort für alle Eventualitäten, später mal. Hell, gut geschnitten und Eigentum. Ich müsste keine Miete mehr zahlen. Ich habe meine alte Wohnung satt«, fügte sie hinzu. »Ich will noch mal was Neues in meinem Leben.«

»Was Neues?«, fragte Norgard gedehnt.

Der Migräneanfall, den Thea am Morgen erfolgreich hatte zurückschlagen können, rührte sich wieder. Sie würde zu Hause gleich noch eine von den starken Tabletten nehmen – zwei am Tag waren erlaubt –, sich einen Kamillentee kochen und mit dem zweiten Karton beginnen. Der Anrufbeantworter blinkte ihr entgegen, und sie hörte Lisas Stimme, ein bisschen entrüstet, aber auch eine Spur sensationsfreudig: »Hast du zufällig die neue ›Frau im Spiegel‹ gesehen? Ganz schön dicker Tobak, was die sich über deine Mutter zusammengeschmiert haben! Ich werfe das Heft nachher bei dir ein, wenn ich mit Wulf-Dieter zum Golfen fahre. Leider keine Zeit, zu dir raufzukommen. Ruf mal an, wenn du es gelesen hast.«

Thea geriet in helle Aufregung. Erst die Migränetablette, ein Schluck Wasser, dann zum Briefkasten. Sie lief die beiden Treppen hinunter, hinauf, verbot sich, die Illustrierte schon im Treppenhaus genauer zu mustern. Als sie die Wohnung betrat, läutete das Telefon. Wieder Lisa?

»Dr. Rackermann«, sagte Thea erstaunt, als sich der Hausarzt ihrer Mutter meldete. Er war in Urlaub gewesen, während Mamachen starb, den Totenschein hatte an seiner Stelle Dr. Willig, der Vertreter, ausgestellt.

»Mein Beileid, Frau Zirbel«, sagte Dr. Rackermann, und dann: »Ihre Mutter war wirklich eine beeindruckende Persönlichkeit.« Wie oft sie diesen Satz in den letzten Tagen zu hören bekommen hatte.

»Sie ist friedlich eingeschlafen«, antwortete sie pflichtschuldigst und bemühte sich, nicht zu keuchen nach dem Lauf treppauf.

»Das hat Dr. Willig mir berichtet.«

»Es kam ja nicht ganz überraschend, Sie hatten mich bei Ihrem letzten Besuch in gewisser Weise darauf vorbereitet.«

Sie atmete wieder gleichmäßig, noch mit ihrer Verblüffung beschäftigt. Höchst ungewöhnlich, dass ein Hausarzt nach einem Todesfall von sich aus die Angehörigen anruft, noch dazu an einem Sonntagnachmittag. Doch Mamachen war ja auch keine ganz gewöhnliche Patientin.

»Ich habe erst gestern Nachmittag vom Tod Ihrer Mutter erfahren, als ich von meiner Tibetreise zurückkehrte«, erklärte Dr. Rackermann.

»Sehr freundlich, dass Sie anrufen.« Thea wollte das Gespräch abkürzen, sie schielte nach dem Titelblatt der Illustrierten. »Das Doppelleben der Aimée Maquardt«. Kein Wunder, dass Lisa so süffisant geklungen hatte.

Dr. Rackermann räusperte sich. »Ich rufe aus einem besonderen Grund an, Frau Zirbel. Ihre Mutter hat mir kurz vor meinem Urlaub ein handschriftliches Testament anvertraut, das ich gleich Montagfrüh beim Amtsgericht abgeben werde. Tut mir leid, dass Sie erst jetzt davon erfahren.«

Die Zeit gefror, bevor Thea antworten konnte. In ihrem Kopf quoll Nebel und verdickte sich zu klebrigem Brei, während ihr Mund ganz trocken wurde. »Ein Testament? Das verstehe ich nicht. Wieso Ihnen?« Ihre Stimme klang heiser, wie ausgedörrt. Bloß nicht die Kontrolle verlieren.

Es sei ihm sehr unangenehm, ihr gegenüber, sagte Rackermann, aber ihre Mutter habe es so gewünscht. Und er fuhr eilig fort mit seinen Ausführungen, als wolle er die Sache hinter sich bringen, bevor Thea recht zur Besinnung käme. Frau Maquardt habe etwa drei Wochen vor seinem Urlaub in der Praxis angerufen und ihn um einen Hausbesuch außer der Reihe gebeten. Bei dieser Gelegenheit habe sie ihn und die polnische Pflegerin, Frau – wie hieß sie noch? – gebeten, das Dokument als Zeugen zu unterzeichnen, und es ihm zur Aufbewahrung gegeben. Er habe ihr einen Notar vermitteln wollen, ihr außerdem nahegelegt, sie, die Tochter, gleich von der Existenz dieses Testaments in Kenntnis zu setzen, doch Frau Maquardt habe sich auf keine Diskussion eingelassen.

»Sie wünschte ausdrücklich, dass ich es bis zu ihrem Tod aufbewahre und dann erst beim Amtsgericht einreiche.«

»Aber warum?«

»Ich weiß es nicht. Vielleicht dachte sie, dann sei es leichter, noch etwas zu ändern. Sie wissen, Ihre Mutter war immer sehr eigenwillig.«

Thea stand wie versteinert. Sie war nicht mal imstande, Und ob! zu rufen.

»Nehmen Sie es sich nicht zu Herzen, Frau Zirbel. So was kommt öfter vor, als man denkt, das kann ich Ihnen versichern. Ich habe allerhand erlebt im Laufe meiner Praxisjahre.«

Was um Himmels willen meinte er mit »so was«? Sie drückte das Gespräch mit einem knappen Gruß weg, warf das Telefon aufs Sofa und schrie »Miststück!«, während sie mit aller Kraft gegen den Karton am Boden trat. Sie verfehlte ihn um Zentimeter und erwischte stattdessen mit der rechten kleinen Zehe Mamachens englischen Sekretär. Aufjaulend ließ sie sich aufs Sofa fallen, zog den Schuh aus und umfasste stöhnend das höllisch schmerzende Glied.

»Das Doppelleben der Aimée Maquardt.« Die »Frau im Spiegel« lag vor ihr auf dem Tisch. Der Untertitel lautete: »Oma Annerose Schmidt hatte es faustdick hinter den Ohren.«

17.

Das Doppelleben der Aimée Maquardt

»Die schrille Oma Annerose hatte es auch im wirklichen Leben faustdick hinter den Ohren.«

Warum hatte Mamachen ihr das angetan? Heimlich hinter ihrem Rücken. Ein Affront. Als wollte sie ihr noch mal richtig eins auswischen. Und das nach allem, was ich für sie getan habe!

Thea lag auf dem Sofa, den schmerzenden Fuß hochgelegt, eine kalte Kompresse mittels eines Schals gegen den gestauchten Zeh gebunden, und starrte auf die Illustriertenstory.

»Die Schauspielerin Aimée Maquardt war kein Kind von Traurigkeit.«

Warum dieses Testament? Und warum es vor ihr verbergen? Dahinter konnte doch nur eine weitere Gemeinheit lauern.

»Sie ließ nichts anbrennen. War auch im vorgerückten Alter keine Kostverächterin, sagen ihre Freunde.« (Wer sind denn, bitte schön, diese Freunde?)

»›Ich war dreißig Jahre jünger als sie. Sie war meine Mäzenin und die große Liebe meiner Jugend‹, bekennt Graf Kasimir Theodor von Glaubersbach-Hofreuthen, ›und wir sind einander immer verbunden geblieben, auch als ich meine spätere Frau kennenlernte.‹« (Also dieser spezielle Freund steckt hinter dem halbseidenen Geschwätz! Hätte ich mir denken können.)

Was wirklich schmerzte, war Mamachens Verrat, und fast tat es Thea gut, sich mit dem Illustriertenquatsch betäuben zu können.

Fotos. Mamachen, bei Kasimir eingehängt, den Kopf kokett gegen seine Schulter gelegt, sehr kurzer enger Rock, Mini-Mini, taillenbetonter Blazer, dauergewellter Lockenschopf. Sie sah wie ein etwas überalterter Rauschgoldengel aus.

»Häufig mehrere Liebhaber gleichzeitig, auch noch im vorgerückten Alter.« (Stimmt gar nicht, alles gelogen! Reg dich ab, sagte Lisa in ihrem Kopf, deine Mutter hätte ihren Spaß an dem Geschreibsel. Aber ich nicht, verdammt!)

Mamachen mit Kasimir auf einem Kinderspielplatz, Seite an Seite, schaukelnd. Wo war das? Wer hatte da fotografiert?

»Der Graf deutet uns etwas von einer Jahre andauernden Ménage à trois an. ›Sie verstehen, dass ich mich darüber nicht weiter auslassen möchte, jetzt wo Aimée nicht mehr lebt.‹ Ein Gentleman genießt und schweigt.«

Da möchte man doch gleich kotzen.

Gut, dass sie ihm keine neueren Fotos von Mamachen gegeben hatte. Sonst hätte sie die hier sicher wiedergefunden, womöglich noch Mamachen im Rollstuhl. Der scheute doch vor nichts zurück. Das jüngste Foto stammte vom offiziellen Empfang zu ihrem 90. Geburtstag; da sah sie noch beeindruckend aus.

»›Aimée – für mich blieb sie immer Feodora, ihr früherer Künstlername – hatte eine Vorliebe für deutlich jüngere Männer.‹ Ein hintergründiges Lächeln umspielt den Mund des hochgewachsenen Grafen. Seine Augen leuchten noch immer jungenhaft.« (Das hat doch gar keine Bedeutung, das sind doch die Dinge, die man Schauspielerinnen immer nachsagt. Würde auch die vernünftige Norgard kommentieren. Aber mich stört es! Mich! Mich! Mich! Zähle ich denn nie?)

»Lesen Sie unser Exklusiv-Interview mit Graf Kasimir Theodor von Glaubersbach-Hofreuthen!« (Ist es dem alten Schmarotzer doch noch gelungen, seine Beziehung zu Mamachen zu barem Geld zu machen.)

Thea hatte zu den Migränetabletten noch ein Ibuprofen 600 genommen, und beides im Verein machte sie jetzt spürbar benommen. Verrat! Miststück! Das Testament bedeutete, dass sie tatsächlich mit den Vettern würde teilen müssen. Wie mies von Mamachen, sie so zu demütigen. Wer weiß, was überhaupt noch für sie übrig bliebe. Doch das Geld scherte sie weniger als Mamachens Hinterhältigkeit, wo sie sich all die schweren Jahre um ihre Mutter gekümmert, ihr das eigene Leben geopfert hatte! Von Opfern halte ich gar nichts, hörte sie Mamachen kühl entgegnen. Sie hätte am liebsten auf diese geballte Medikamentenladung noch eine Flasche Rotwein getrunken, ein einstweiliger Abschied von der Wirklichkeit, doch möglicherweise würde dann etwas in ihrem Kopf explodieren.

Das schlimmste Foto zeigte Mamachen auf einem Tisch tanzend, mit einem kurzen Hängerchen bekleidet, die wohlgeformten Beine zur Schau gestellt. Drei Männer umringten sie, die Knie gebeugt, die Arme nach ihr ausgestreckt. Grauenhaft. Schmierenkomödie. Die Rotweinflasche gegen die Wand werfen, doch die Sauerei würde sie selbst beseitigen müssen. Bei genauerem Hinschauen erkannte Thea, dass es nur ein Bühnenfoto aus diesem albernen Musical war – Name vergessen. Nichts, was man behalten musste.

»Der Graf empfängt uns im silbergrauen Hausanzug, ein rotes Seidentuch im schneeweißen, leicht geöffneten Hemd, exklusiv in seiner Suite im Hotel Bellevue. Hier weilt er ein paar Tage, auf den Spuren der Vergangenheit. ›Das bin ich meiner großen Liebe schuldig‹, erklärt er mit einem melancholischen Lächeln.«

Das mit dem Lächeln hatten wir doch schon mal. Die Zeilen begannen, vor Theas Nase zu schlingern.

»Aimée lebte ein höchst unkonventionelles Leben in einer moralisch engstirnigen Zeit. Mitten im Mief der 50er- und 60er-Jahre, lange vor den Zeiten von sexueller Revolution und Frauenemanzipation, provozierte diese mutige Frau ihre Umgebung mit ihrer Freizügigkeit.«

Die Zeilen tanzten, die Schrift verschwamm. Thea fror, wickelte schwerfällig den Schal vom lädierten Fuß und stieß mit dem anderen das Kühlelement vom Sofa. Mühsam zog sie die Wolldecke heran, die gerade noch in Reichweite lag. Der geschwollene Zeh sandte keine Schmerzsignale mehr. Das Telefon läutete, aber sie nahm nicht ab. Der Anrufbeantworter schaltete sich ein, und es meldete sich niemand.

»Was die Leute über sie redeten, war ihr egal. Das Problem war bloß die Tochter, ihre einzige Tochter aus der frühen kurzen Ehe mit dem Regisseur Otmar Klein-schmidt.« Unverschämt die erste, schlicht falsch die zweite Behauptung!

»Wie oft hat sie seufzend zu mir gesagt: ›Kasimir, die Leute sind mir egal; ich wünschte nur, ich müsste nicht so viel Rücksicht auf Thekla nehmen!‹«

Sie würde sich einfach unter diesem Namen gar nicht angesprochen fühlen, wie immer.

»Meine Tochter ist lieb, tüchtig, solide – aber so eine spießige graue Maus.« (Niemals! Nie im Leben hat sie das gesagt! Bloße Häme, das hat sich dieser Mistkerl aus den Fingern gesaugt! Selbst wenn sie es gedacht haben könnte, hätte sie es nicht gesagt. Verrat!, schrie es wieder. Miststück!)

Jetzt war das hereinfallende Nachmittagslicht so schummerig geworden, dass sie ohnehin nur noch erraten konnte, was da gedruckt stand. Thea brachte nicht mehr die Energie auf, sich drei Schritte durch den Raum zum Lichtschalter zu bewegen. Das Blatt glitt allmählich aus ihrer Hand. Ging ohnehin nur weiter mit demselben Gesülze und Geseire, Geseire war ein Wort von Mamachen. Aftermietergeseire.

»Im Bett geradezu furios. Altersunterschied keine Rolle. Mal süßes Mädel, mal große Kokotte.«

Was will ein Mann mehr. Von Jochen abgesehen, natürlich. Aber der stand hier nicht zur Diskussion.

»Ewig jung. Schmerzen um den verlorenen Sohn. Die ferne Tochter, entfremdet. Lieber Kasi. Großes Weh. Das gewisse Etwas, das attraktiven Frauen ewige Jugend gibt. Ewige Jugend. Größtes Weh. Gewisses Etwas.«

Schleimiges Süßholzraspeln. Schmalzabsondernder schmieriger Schnorrer. Beileibe kein Schwachkopf. Guter Schauspieler, meinte Mamachen. Allerdings eine desaströse Geschichte. Exklusiv-Interview. Die Rolle hat er noch mal genossen! Kasis späte Rache, dachte Thea. Hätte die Briefe nicht rausrücken sollen. Jetzt hat er das letzte Wort.

Die Illustrierte war auf den Fußboden geglitten. Thea lag zusammengerollt auf dem Sofa. Das Zeug da war nur Seifenschaum. Morgen verpufft, in Nichts zusammengefallen. Aber das Testament blieb. Mamachens Rache.

In ihrem Kopf, einem gewaltigen Bergwerk, mahlten die riesengroßen Räder jetzt verhaltener, mit dumpfem, gedämpftem Knirschen, weiter weg. Kalkbergwerk. Verrat! Verrat! Miststück! Miststück!, grölte der Chor, als der Vorhang sich langsam schloss. Deplorabel, hörte sie Mamachen sagen. Die Stimmen entfernten sich hinter den Rändern des Sofas, und die Räder verhedderten sich. Stolperten. Thea würde hier und jetzt auf dem Sofa einschlafen. Wäre ein besseres Erwachen, wenn sie es noch bis ins Schlafzimmer schaffen könnte. Doch das Erwachen würde scheußlich sein, so oder so.

18.

Albtraum

Thea erwachte nach und nach, gewissermaßen in Schüben.
In ihrem Kopf räderte es noch, dazwischen schoben sich
Bildfetzen, Gedankensplitter. Die Illustriertenstory. Das
Testament. Erinnerungen stiegen auf, die sie vergessen
wollte: Mamachen nackt, frierend, zusammengesunken
im Sessel.

Meist ist sie ins Laken gehüllt. Frau Borodcziej bezieht
das Bett und Thea will ihr das Nachthemd wechseln.

»Mir wäre lieber, du ließest das Frau B. machen!«

Sie musste doch wissen, wie sehr sie Thea damit
kränkte.

War das vor ihrem Sturz oder danach? Irgendwann in diesen Tagen war Mamachen gefallen, als sie versuchte, allein zur Toilette zu gehen – was sie, wie sie genau wusste,
nicht sollte. Theas schlechtes Gewissen entlud sich, indem sie Frau Borodcziej anherrschte: »Wie konnte das
passieren!« Die verteidigte sich kleinlaut: »Mutter in
Bett. Ich in Küche, kochen Mittagessen.« »Ganz egal. Sie
wissen doch, dass Sie, egal wo Sie sind und was Sie sonst
machen, ein Auge auf sie haben müssen! Immer!«

Ich habe mich so um Mama bemüht.

Frau B. bezieht das Bett und Thea entkleidet Mamachen im Bad, auf einem Stuhl vor dem Waschbecken; die kann jetzt nicht mal bei der Katzenwäsche mehr mittun.

»Nein«, knurrt sie widerborstig. »Nicht du! Frau B. soll das machen!«

Thea wäscht Mamachen, die unter der Dusche nicht mehr allein das Gleichgewicht halten kann, mit einem Waschlappen, prüft vorher die Wassertemperatur, nicht zu heiß, nicht zu kalt, wäscht Gesicht, Hals, Dekolleté, streicht um Mamachens Brüste, tief herunter hängende leere Hauttaschen. Zu denken, dass die Männer nach denen mal verrückt waren! Sie tut es Mamachen zuliebe, obwohl sie sich dabei überwinden muss, am Anfang gar nicht richtig hinschauen kann, sie wäscht sie trotzdem gründlich, umkreist sie sogar, bemüht sanft, sie zieht Mamachen hoch, indem sie ihr einen Arm unter die Achseln schiebt, wäscht auch ihren Po, was noch schwerer ist, weil der Darmausgang verhängt ist mit den Lappen ihrer Pobacken. So muss sie wenigstens die Hämorrhoiden nicht genau sehen. Wasch dir den Po, vorne und hinten! Sie überwindet sich, weil diese Dinge sein müssen, und hofft, Mamachen werde es zu schätzen wissen. Frau Borodcziej wirft ihnen aus dem Schlafzimmer, über das Bett gebückt, einen besorgten Blick zu.

»Geht gut?«, ruft sie. »Soll ich kommen?«

»Nein, geht schon.«

Warum konnte sie mir nicht wenigstens ein bisschen dankbar sein?

Vorderindien – Hinterindien. Thea konnte sich nicht erinnern, dass Mamachen sie früher, als sie klein war, je gewaschen hätte; falls überhaupt, dann wäre das ja auch ganz früher gewesen, in den grauen Zeiten frühkindlicher Amnesie. Nur an Mamachens mahnenden Satz konnte sie sich erinnern: Wasch dir den Po, vorne und hinten. Hinter-Po, Vorder-Po, hast du dich auch richtig gewaschen? Ganz? Vorderindien und Hinterindien?

Hinter-Po, Vorder-Po, alles muss versteckt sein, Eckstein, Eckstein, auf beiden Seiten gilt es nicht, hinter mir und vorder mir, ich komme!

»Frau B. soll das machen!«, zischelt Mamachen böse. Sie ist schwer zu verstehen, wenn sie nur die obere Hälfte ihrer Zahnprothese trägt, die untere verursacht schmerzende Druckstellen am Kiefer, die der Zahnarzt bisher nicht zu beseitigen imstande war.

»Aber Mama, das ist doch etwas sehr Intimes«, flüstert Thea, »und Frau B. ist eine fremde Frau.«

»Sie ist die Pflegerin!«, beharrt Mamachen.

»Ich bin deine Tochter«, sagt Thea, »sie tut es nur, weil sie dafür bezahlt wird.«

»Eben«, sagt Mamachen.

Weil Mamachen so darauf bestanden hatte, kümmerte sich von da an Frau B. um die Intimpflege, und Thea, tief gekränkt, half nur noch, ihre Mutter aus dem Bett heraus und wieder ins Bett zurück zu befördern, denn das war trotz ihres Fliegengewichts von einer Person kaum zu bewerkstelligen. Frau Borodcziej fasste Mamachen oben unter die Achseln, Thea packte sie unten bei den Knien.

Bis auf dieses eine Mal. Das immer wiederkehrende Bild: Mamachen frierend, vornüber gesunken im Sessel, nackt, die dürren Äste ihrer Arme um die Knie gelegt, in Embryonalstellung. Ohne Nachthemd. Kein Laken. Keine Wolldecke. Nackt ausgestellt.

Es ist Frau B.s freier Abend. Thea findet, Mamachens Bettwäsche rieche nicht gut, sie müsse gewechselt werden. Mamachen meint müde, mit schleppender Stimme, hat doch Zeit bis morgen, dann kann Frau B. es machen. Mamachen sagt immer »Frau B.«, sie findet das schick, und Frau Borodcziej lächelt nachsichtig darüber. Thea findet es ungehörig. Obwohl Mamachen inzwischen kaum mehr vierzig Kilo wiegt, kann Thea sie nicht gut allein aus dem Bett hieven. Trotzdem besteht sie auf dem Bettwäschewechsel, sofort, noch heute Abend, vielleicht gerade deshalb, weil Mamachen protestiert. Vielleicht hat Mamachen sie vorher schon geärgert, sehr wahrscheinlich sogar, aber nachträglich kann Thea sich nicht genau erinnern. Sie erinnert sich nur an die grimmige Befriedigung, mit der sie ihre Mutter unter den Schultern gepackt, aus dem Bett gerissen und zum Sessel gezerrt hat.

»Lass mich! Ich will nicht!«, nuschelt Mamachen, zahnlos, hilflos. Und dann giftig: »Sei nicht so ruppig, du Dragoner, du zerbrichst mir ja sämtliche Rippen!«

Thea will ihr als Erstes das Nachthemd wechseln, doch weil Mamachen so hässlich mit ihr redet, zieht sie ihr das schmutzige Teil über den Kopf, aber das neue noch nicht an. Lässt sie einfach nackt auf der Gummimatte im Sessel hocken, während sie sich dem Bett zuwendet. Hinter ihr verstummt Mamachen und krümmt sich wie ein Embryo.

Doch schon Augenblicke später erschrickt Thea über ihre eigene Gemeinheit – Meine Güte! Das Fenster! – und legt Mamachen rasch eine Decke um.

Hatte sich ihre Mutter an diesem Abend die Lungenentzündung geholt? Das Fenster war stets einen Spalt geöffnet, weil es im Zimmer nach Alter und Krankheit roch. Das Ganze hatte nur wenige Minuten, vielleicht nur den Bruchteil einer Minute gedauert. Das Bild aber ließ sich nicht mehr aus Theas Erinnerung löschen.

Ich wollte ihr doch nur ein einziges Mal einen winzigen Denkzettel erteilen.

Mamachen gibt keinen Ton von sich, während Thea sie wieder zurück ins Bett schleppt, keuchend. Sie hält die Augen krampfhaft geschlossen, als könne sie den Anblick der Tochter nicht ertragen, die schmalen Lippen einwärts gesogen, fest zusammengepresst. Danach liegt sie ganz still im Bett und gibt den ganzen Abend keinen Mucks mehr von sich. Dann eben nicht, denkt Thea trotzig, nachdem sie es noch ein paar Mal mit harmlosen Fragen versucht hat: »Liegst du auch bequem? Hast du Schmerzen? Willst du eine heiße Schokolade? Möchtest du noch lesen?« Keine Antwort. Da geht Thea ins Nebenzimmer und sieht fern, bis Frau Borodcziej gegen zehn von ihrer Abendverabredung zurückkehrt. Sie ist mit ihrer polnischen Freundin im Kino gewesen.

»Alles gut?«, fragt Frau B. »Mama gut?«

»Alles gut«, bestätigt Thea, steckt den Kopf in Mamachens Schlafzimmer und ruft: »Bis morgen, schlaf gut!« Schweigen wächst ihr aus der Dunkelheit entgegen. Sie weiß genau, dass Mamachen wach liegt und sie anstarrt.

»Schläft wohl schon«, sagt Thea zu Frau B. und geht nach Hause.

Geschieht ihr recht! Das schlechte Gewissen weggewischt.

Danach kamen die Lungenentzündung und ein weiterer Sturz und die nächste Bronchitis. Oder erst die Bronchitis und dann die Lungenentzündung? Dr. Rackermann hatte vor seinem Urlaub gesagt, es sehe so oder so kritisch aus, der rapide Gewichtsverlust, ihr Immunsystem anhaltend geschwächt. Er stelle anheim, Mamachen noch einmal ins Krankenhaus einzuliefern.

»Doch letztlich müssen Sie das entscheiden, Frau Zirbel. Ihre Mutter will nicht ins Krankenhaus, das hat sie mir dezidiert gesagt, und wir haben das ja vor vier Wochen schon mal durchexerziert, bei der letzten Bronchitis, als sie noch in weitaus besserer Gesamtverfassung war. Die Infusionen würden sie zwar physisch kurzfristig stabilisieren, aber bei ihrer tiefen Aversion gegen das Krankenhaus würde sie seelisch und geistig eher abbauen. Zu Hause ist sie, wenn Sie mich fragen, weitaus besser aufgehoben. Hier hat sie die bessere Pflege, rund um die Uhr, sie hat Sie und die Pflegerin.«

So hatte das auch Thea gesehen.

Keine schönen Erinnerungen. Wann hatte Mamachen das Testament gemacht? Vergiss es, Thea. Die Nacht auf dem Sofa war ein einziger Albtraum. Sie spürte sämtliche Knochen, während sie nach und nach wieder zu sich kam. Das Testament. Kasimirs Illustriertenstory. Weg damit. Der verstauchte – oder gar gebrochene? – Zeh meldete sich schmerzhaft, als sie an Mamachens Sekretär entlang ins Bad humpelte. Er stand mitten im Weg. Ich will dich hier nicht mehr sehen, sagte sie zu dem Möbel, weg mit dir!

19.

Grey Eye

Schadensbegrenzung.

Kein Frühstück heute Morgen, nur etwas dünnen schwarzen Tee, um den ätzenden Schmerz im Magen zu besänftigen. Böser Montag. Als Erstes musste sie die neue Küche für Mamachens Wohnung wieder abbestellen. Stattdessen würde sie die einfachste Variante nehmen, Ikea, die sie ins Auge gefasst hatte, als sie noch nicht selbst dort einziehen wollte. Besser überhaupt abwarten, die Renovierung ganz und gar ruhen lassen, bis sie die testamentarischen Verfügungen kannte. Beim Gedanken, dass sie nun die Vettern würde anrufen müssen, um sie von der Existenz des Testaments in Kenntnis zu setzen, brachte sie nicht mal das trockene Knäckebrot runter. Wer weiß, was jetzt von dem Erbe überhaupt für sie übrig bliebe. Sie fühlte sich so gedemütigt.

Norgards Stimme am Telefon, unverhofft, durchdrang ihre Düsternis. Ob Thea Lust habe, sie heute Nachmittag ins Tierheim zu begleiten, sie wolle sich ein oder zwei neue kleine Kätzchen aussuchen. Die alte Madame Curie sei so einsam ohne Omar Sharif, die werde sicher auch nicht mehr lange leben, und sie selbst brauche ein Gegengewicht zu weiterem Siechtum und Tod.

Thea schauderte beim Gedanken an noch mehr Katzen in Norgards Wohnung, doch sie willigte ein. Eigentlich hatte sie noch immer Kopfschmerzen. Eigentlich war ein Besuch im Tierheim ganz bestimmt nicht das, was sie jetzt brauchte. Sie musste sich völlig neu sortieren, in Ruhe überdenken, was geschehen war, warum genau und was daraus folgte. Pläne machen. Doch sie registrierte, dass sie dankbar war für alles, was sie, wenn auch nur vorübergehend, auf andere Gedanken brachte. Außerdem würde sie Norgard von den neuesten Entwicklungen erzählen können.

Norgard hat recht, schoss es ihr plötzlich durch den Kopf: Ich hasse meine Mutter. Sie saß am Schreibtisch und hielt sich den Kopf mit beiden Händen. Sie würde den antiken englischen Sekretär verkaufen, das Geld kam ihr jetzt gerade recht, und auch die Bauerntruhe; in ihrer Wohnung sollte nichts herumstehen, das sie an Mamachen erinnerte. Und sie würde Ulrich nicht anrufen. Sie würde den Vettern schreiben. Der Gedanke verschaffte ihr ein winziges bisschen Erleichterung.

Sämtliche Handwerkerarbeiten in Mamachens Wohnung stoppen, jetzt sofort, mahnte sie sich. Für diese Woche waren die Parkettleger bestellt; sie hatte von einem echten Parkettboden geträumt. Nun, da beim Amtsgericht ein Testament vorlag, konnte sie den Erbschein erst mal vergessen. So würde sie einstweilen auch keinen Zugriff auf Mamachens Konten haben, und ihre eigenen mageren Ersparnisse wollte sie nicht angreifen, bevor sie nicht wusste, was genau auf sie zukam.

Das Tierheim hatte werktags zwischen 15 und 17 Uhr

geöffnet. »Willst du dir nicht auch eine Katze holen?«, fragte Norgard teilnahmsvoll. »Ein Tier könnte dir gut-tun, in dieser schwierigen Lebenssituation. Katzen sind so wunderbar lebendig und sie ruhen auf beneidenswerte Weise in sich selbst. Sie bloß um sich zu haben macht ei-nen schon gelassener. Und sie brauchen nicht viel, sind schon dankbar für ein bisschen Futter, Regelmäßigkeit und Zuwendung.« An der Rezeption telefonierte hinter einer Glasscheibe eine junge Frau und streichelte dabei mechanisch einen Welpen auf ihrem Schoß, der kleine Fieplaute von sich gab. Wenn überhaupt ein Tier, dann schon eher ein Hund, dachte Thea.

Abwesend studierte sie die Anschläge am Schwarzen Brett in der Halle, während sie auf die für die Tierver-mittlung zuständige Katzenpflegerin warteten. »Ehren-amtliches Gassigehen mit Hunden – so können Sie Ih-ren zukünftigen Lebensgefährten besser kennenlernen.« Um sie herum bellte und jaulte es aus allen Himmelsrich-tungen. Von ein paar kleineren Kindern mit ihren Müt-tern abgesehen, befanden sich nur alte Leute im geflies-ten und gekachelten Empfangsraum des Tierheims. Es sei erwiesen, dass Menschen mit Haustieren zufriedener alterten, meinte Norgard, die aufgeregt auf und ab lief. Trostlose übergewichtige Gestalten sprachen in flöten-dem Ton auf ihre Katzenkörbe ein oder hinkten mit ih-ren vierbeinigen Lieblingen an der Leine herein und her-aus. Als sie der Tierpflegerin durch einen langen Trakt des Nebengebäudes folgten, wurde das Hundekonzert schwä-cher und stattdessen hörten sie Katzen in verschiedenen Tonlagen miauen und fauchen. »Wie süß!«, rief Norgard immer wieder. Es stank infam. »Guck mal, sind die nicht niedlich? Was für schöne Tiere!«

Ein verwirrendes Gewiesel und Gewusel, herumsausende, miteinander spielende, übereinanderspringende, sich gegenseitig umwerfende, ineinander verknäuelte Katzen. Unordnung, Chaos, Unberechenbarkeit, dachte Thea, alles, was ihr zutiefst zuwider war. Zwei, drei, aber gelegentlich auch sechs und mehr Tiere jagten in kleinen Zimmern herum, vier mal vier Meter, davor ähnlich große, mit Gitterstäben umgebene und überdeckte Freigehege, matschige kahle Erde.

Norgard fand sogar liebevolle Worte für fette alte Katzen, die apathisch auf Kissen und Decken in den Regalbrettern ihrer Gehege schliefen, imposante alte Dame, kommentierte sie, sicher sehr umgänglich, freundlicher alter Herr. Thea zählte mindestens zehn solcher lethargischer Geschöpfe, die in einem geräumigeren Gehege vor sich hin dösten. »Unser Seniorenheim«, sagte die Tierpflegerin, »das ist Bertha, 10 Jahre, sehr schmusig, leider halb blind. Und Sir Henry, 12, er leidet an Diabetes. Die sind kaum mehr zu vermitteln, verbringen hier ihren Lebensabend.«

Die alten Viecher wirkten beklemmend auf Thea, hoben jedenfalls nicht gerade ihre ohnehin düstere Stimmung.

»Ich denke, Hansi käme für Sie in Frage – ja, wo ist er denn?« Es stellte sich heraus, dass Hansi, als sie ihn endlich aus einer Wolldecke wickelte, in Wirklichkeit Fips war, auch ein lieber Kater, meinte sie. Hansi hatte offenbar bereits ein neues Zuhause gefunden und war auf der Liste nur nicht ordnungsgemäß ausgetragen worden.

»Von Tiffany würde ich abraten; die ist schwierig, eine launische Diva, gewöhnt, im Mittelpunkt zu stehen«, warnte die Tierpflegerin, als Norgard ein anmutiges, langbeiniges, sehr selbstbewusstes Tier bewunderte. »Jedenfalls können Sie die kaum zusammen mit einer anderen Katze halten, die duldet niemanden neben sich.«

Die würde ich Mamachen nennen, dachte Thea. Sie bemerkte erst jetzt, dass die Tierpflegerin, die sich als Mika vorgestellt hatte – wie passend für eine Katzenbetreuerin – eine verkrüppelte Hand hatte. Tiffany beißt die Hand, die sie füttert, dachte Thea, völlig unsinnig.

Es blieb ihr unverständlich, warum Norgard sich am Ende für Grey Eye entschied, eine magere, nervöse, schwarz-weiß-grau getigerte Kreatur, schon fünf Jahre alt. »Gut so«, erklärte Norgard, »was soll sonst aus ihr werden, wenn ich vor ihr sterbe?« Grey Eye sei ausgeglichen, sie könne gut mit allen Artgenossen, versicherte Tierpflegerin Mika, ein kompaktes junges Mädchen mit Brille.

»Wenn überhaupt ein Tier, dann würde ich mir einen Hund anschaffen«, verkündete Thea, als sie zurück zum Auto gingen. Grey Eye hockte lautlos und verschüchtert im Katzenkorb, den Norgard glücklich mit sich trug. Sie wirkte fast euphorisch. »Hunden kann man trauen«, behauptete Thea, »bei Katzen weiß man nie, woran man ist.«

Norgard war viel zu sehr mit ihrem Neuerwerb befasst, um zu widersprechen. Sie sonderte kindische Geräusche in Richtung Grey Eye ab und dachte laut darüber nach, wie ihre alte Katze sich mit der neuen arrangieren würde. »Willst du mitkommen? Bei der ersten Begegnung zuschauen?«

»Nein«, sagte Thea. »Wir sehen uns heute Abend im Literaturkreis.«

»Ich weiß nicht, ob ich kommen kann. Die ersten Stunden im neuen Zuhause sind so wichtig, vielleicht muss ich vermitteln«, sagte Norgard. »Danke fürs Mitkommen.«

Auf dem Hinweg, im Auto, hatte Thea Norgard von Mamachens Testament erzählt. »Hinter deinem Rücken«, kommentierte Norgard, »das ist wirklich ein Hammer! Hatte sie Grund, sich über dich zu ärgern? Oder hat sie nur einfach nicht gewagt, dir offen mitzuteilen, sie fände, auch deine Vettern müssten was bekommen? Warte jetzt einfach mal in Ruhe ab bis zur Testamentseröffnung. Hat doch gar keinen Sinn, sich vorher aufzuregen.«

Einfach.

In Ruhe.

Abwarten.

Was sollte sie bloß mit sich anfangen, während sie wartete? Die Wohnungsrenovierung lag auf Eis, das Projekt, das ihrem Alltag nach Mamachens Tod Struktur gegeben hatte. Alles wieder zurück auf Anfang. Überhaupt fehlten Struktur und Sinn in ihrem Leben. Die große Unruhe war zurück, die Rastlosigkeit, die ins Leere zielte, weil sie die Leere zudecken sollte.

»Willst du nicht einfach mal verreisen?«

Das sagten sie alle. Aber wohin? Und allein?

Sie war immer mit Jochen verreist. Der erste und einzige Versuch ihres Lebens, allein in Urlaub zu fahren, hatte mit Mamachens Schlaganfall geendet. Danach gab es noch die paar Reisen mit Mamachen, zur Reha, in die

Kur, einmal eine Kreuzfahrt, das war kein wirkliches Vergnügen gewesen, mit all den mumienhaften Passagieren an Bord. Nie wieder!, hatte Mamachen hinterher ausgerufen und sich geschüttelt.

Wenn sie jetzt allein eine Reise buchte, dachte Thea, wäre womöglich sie an der Reihe mit einem Schlaganfall. Das wäre nur stimmig.

20.

Tschechow lesen

»Wer ist dieser Graf Kasimir?«

Natürlich sprachen sie Thea im Literaturkreis gleich auf das Interview in der »Frau im Spiegel« an. Als sie eintraf, hatte Lisa die Zeitschrift schon herumgereicht und die Geschichte genüsslich ausgebreitet. Außer Norgard, die sich tatsächlich ihrer neuen Katze wegen entschuldigt hatte, waren alle da, nur Rosemarie würde etwas später kommen.

»Ist das nicht der Mann, mit dem du dich neulich im Café Heitmann getroffen hast?« Elfriede deutete auf Kasis Foto. »Sieht gar nicht schlecht aus. Der war wirklich der Liebhaber deiner Mutter?«

»Ja. Aber er ist bloß ein Wichtigtuer.«

»Schon erstaunlich: über dreißig Jahre jünger!« Lisa wollte mehr über die Dreiecksbeziehungen wissen, und Irmela fragte mitleidig an, ob Thea nicht als Kind sehr darunter gelitten habe. Sie wehrte müde ab. Kasis Enthüllungen waren für sie innerlich schon weit weg; das Testament beschäftigte sie, aber in diesem Kreis mochte sie nicht davon erzählen.

Als Rosemarie den Raum betrat, wurde es sekundenlang still. Die Runde starrte auf ihr verbeultes Gesicht, die linke Wange geschwollen, Blutergüsse bis zum Kinn in allen Regenbogenfarben. Rosemarie, die stets perfekt Frisierte und Manikürte – jede Woche einmal zur Kosmetikerin, sonst fühle sie sich ungepflegt, hatte sie mal verlautbart. Der Arztgatte!, schoss es Thea durch den Kopf. Jeder weiß, dass es auch in gehobenen Kreisen geschieht –, aber dass sie sich so verunstaltet hierhertraut! Gleich wird sie sagen, dass sie die Treppe runtergefallen oder gegen einen Schrank gelaufen ist.

»Nicht, was ihr denkt«, erklärte Rosemarie mit schiefem Grinsen. »Ich habe scheußliche Tage hinter mir, Komplikationen mit den neuen Implantaten, eine Kieferentzündung, höllisch schmerzhaft beim Essen und Reden, am schlimmsten beim Lachen.« Von daher sei es ihr ganz recht, dass sie heute einen düsteren Roman besprächen!

»Moment – heute ist Vorlesetag! Philip Roth kommt erst nächstes Mal!«

In dem feinen Zucchinisüppchen, das Elfriede auf den Tisch brachte, schwammen frittierte Salbeiblätter. Thea dachte an Mamachen, die diese sanften passierten Gemüsesuppen am Abend liebte, mit einem Schuss Sahne, einem Hauch Weißwein, einer Prise Zucker. Warum hatte Mama ihr das angetan? Der kulturelle Teil des Abends begann immer erst nach dem Hauptgericht. Ein mildes Hühnerragout, von allen gelobt, mit Basmatireis – magenfreundlich, man kann doch im Alter abends nicht mehr so viel, bei mir gibt's immer nur ein Süppchen, abends soll man ja eigentlich gar keinen Salat, man soll überhaupt nicht mehr nach sechs, von wegen, gerade die Kohlehydrate setzen abends an, ich esse regelmäßig eine, aber wohlgemerkt nur eine Scheibe Brot mit – wollen wir nicht mal anfangen?

Früher, als die meisten Teilnehmerinnen des Literaturkreises noch berufstätig waren, hatte man sich um 20 Uhr getroffen. Später war der Beginn auf 19 Uhr verschoben worden mit der Begründung, dann werde der Abend nicht so lang – Tatsache war, dass es nun meist genauso spät wurde, weil sie immer länger schwatzten, bevor endlich die Diskussion zum Thema begann. Früher hatte die jeweilige Gastgeberin einen kleinen Imbiss gereicht, Brot und Käse, ein Glas Wein. Inzwischen wurde ein veritables Menü serviert. In regelmäßigen Abständen wiederholten sich die Diskussionen darüber, dass das Essen nicht zum Selbstzweck werden dürfe, die Appelle, doch bitte etwas runterzufahren! Schließlich treffe man sich des Gespräches über Literatur wegen und nicht, um sich satt zu essen und zu palavern! Vergeblich. Nach kurzer Zeit begannen die diversen Köchinnen einander wieder an Opulenz und Raffinesse zu überbieten, auch Thea, obwohl sie nicht gerne kochte. Nur Norgard, unbeeindruckt, reichte nie etwas anderes als Schnittchen, belegt mit Salami und Gouda, früher wie heute.

Elfriede musste noch rasch erzählen, dass sie die verwirrte alte Schwiegermutter vergangene Woche nun doch ins Pflegeheim gebracht hätten, weil sie mehrfach fortgelaufen war und sich unterwegs nicht mehr erinnerte, wo sie wohnte. Sie hatten sie einschließen müssen, weil ja nicht rund um die Uhr jemand bei ihr sein konnte – »nicht alle haben das Geld für eine Polin«, bemerkte sie in Richtung Thea –, daraufhin hatte die Schwiegermut-

ter eingekotet, in jeder Ecke der Einlegerwohnung Häuf-
chen.

»Du hast noch Glück gehabt mit deiner Mutter«, sagte
Elfriede zu Thea. Die mochte das jetzt nicht hören. Sie
würde sich hier ganz bestimmt nicht über Mamachen auslassen.

Einige Minuten drehte sich das Gespräch mit voyeu-
ristischem Schaudern um die ganz Alten und die Alters-
demenz. Das Schlimmste überhaupt, die Hölle, mit allem
Sonstigen könnte man sich irgendwie arrangieren. Thea
ließ die anderen reden. Sie redeten und redeten, bis Ini,
weil sie zum Thema alte Eltern nichts beitragen konnte,
von einem neuen rätselhaften Schmerz berichtete: »Er
zieht«, sagte sie und fasste unter den Tisch, »von ganz
hier unten nach ganz da oben«, sie markierte die rechte
Schulter, »über die Brust und den Rücken hoch – ein einziger feuriger Nervenstrang.«

Sogleich fuhr ihr Reinhild mit dem Rückenseminar in
die Parade, das sie am vergangenen Wochenende besucht
hatte. »Das A und O ist die Bauchmuskulatur, man muss
die Muskeln stärken. ›Ein starker Rücken kennt keinen
Schmerz‹, sagt mein wunderbarer Chiropraktiker immer.
Ein wahrer Heiler, kein Schulmediziner. Zahlt natürlich
die Kasse nicht.«

»Können wir anfangen?«, fragte Elfriede. Sie wollte
Tschechow lesen.

»Die gewöhnlichen Orthopäden sind doch alle gleich,
die hauen dir eine Spritze rein, ohne auch nur näher hin-
zuschauen.«

Sie hatten letztes Mal beschlossen, nur mehr alle

vier Wochen einen neuen Roman zu besprechen; jedes zweite Mal würde in Zukunft vorgelesen werden, ganz altmodisch. Denn einerseits gefiel ihnen der Vierzehntagerhythmus der gemütlichen Abendessen, andererseits wurden einige nie rechtzeitig mit dem Lesepensum fertig. Die jeweilige Gastgeberin sollte aus einem Lieblingsbuch vorlesen dürfen. Elfriede hatte vor vierzehn Tagen zunächst die »Wahlverwandtschaften« vorgeschlagen, war aber damit auf einhelligen Protest gestoßen.

»Es ist ein so wunderbares Buch! Zeitlos schön.«

»Aber es hat nichts mit uns zu tun.«

»Und was haben die banalen Ergüsse der Dreißigjährigen mit uns zu tun?«

»Da geht es wenigstens um die Welt, in der wir leben, auch wenn sie sie anders sehen als wir.«

»Muss man denn unbedingt alle diese albernen kleinen Eintagsfliegen zur Kenntnis nehmen?«

»Ich finde, die zeitgenössische Literatur wird maßlos überschätzt.«

Thea hatte sich an dem Geplänkel nicht beteiligt, in Gedanken weit weg, Mamachen gerade erst zwei Tage unter der Erde. Schließlich hatte Elfriede eingelenkt. Tschechow also. Den ließen sie sich noch gefallen.

Rosemarie wollte, bevor Elfriede loslegte, rasch noch anfragen, ob man nicht jemand Neuen in den Literaturkreis aufnehmen könne, einen Mann ausnahmsweise, sie habe bei ihrer letzten Studienreise einen pensionierten Pfarrer kennengelernt, einen Dr. Popp, der in der EKD eine gehobene Position innehatte und nun Anschluss an eine anspruchsvolle Gesprächsrunde suche, ein interessanter Mensch, hochgebildet, sicher eine Bereicherung für ihren Kreis.

Irmela protestierte sofort vehement. Ein Mann in einer reinen Frauengruppe sei immer eine Katastrophe, meistens seien solche Männer Pfauen und Leithammel, die sich fortwährend produzieren müssten und nicht in eine Gruppe einordnen könnten. Auch die anderen wollten nicht so recht anbeißen. Schlechte Aussichten für Pfarrer Popp, registrierte Thea, obwohl sie eigentlich nichts gegen einen Neuzugang gehabt hätte.

»Aber ein bisschen frischer Wind ...«, gab Rosemarie schwach zu bedenken. »Den ›Jedermann‹ von Philip Roth beispielsweise sieht Dr. Popp sehr kritisch.«

»Wir sind schon zu lange in dieser Konstellation zusammen, er würde sich schwertun mit uns – und wir mit ihm.« Was sie nicht sagten, war: Wenn Rosemarie den vorschlägt, von wegen ›anspruchsvolle Gesprächsrunde‹, kann es nur ein arroganter Schnösel sein.

»Anfangen!«

»Apropos Philip Roth – das muss ich jetzt doch loswerden –, ich tue mich furchtbar schwer mit dem Buch!«

»Ich habe noch nicht reingesehen. Ist es wirklich so negativ?«

»So was will ich eigentlich gar nicht lesen – warum können wir uns nicht mal wieder was Heiteres, Lebensbejahendes vornehmen!«

»Du willst einfach die Realität des Alterns nicht akzeptieren.«

»Aber so ist das Alter gar nicht! Das ist doch nur die destruktive Weltsicht des Autors.«

»Tschechow!«, rief Elfriede. »Der ›Jedermann‹ kommt nächstes Mal, heute ist ›Die Dame mit dem Hündchen‹ dran.«

»Wie kann man den Körper so überbewerten! Er sagt doch nichts anderes als: Gesundheit ist Glück – Krankheit und Verfall ist Unglück.«

»Mir hat diese Abwesenheit jeglicher Transzendenz gefallen. Keine billigen, verlogenen Tröstungen. Sicher können das manche nicht ertragen.«

Natürlich musste Thea, während Elfriede mit dem Ring auf dem Tisch Ruhe klopfte und dann mit ihrer salbungsvollen Lehrerinnenstimme zu lesen begann, jedes Wort betonend, wieder an Mamachen denken, die Tschechow liebte. Als sie noch einigermaßen gut beisammen war, vor ihrem ersten Sturz, hatte sie Frau B. bei der Hausarbeit »Onkel Wanja« und »Die Möwe« vorgelesen. Sie war sofort für Frau B. eingenommen gewesen, weil die Tschechow angeblich ebenfalls schätzte. Vielleicht war Frau B. nur klug genug, Freude an Mamachens Vortrag zu mimen, während sie beim Bügeln ihren eigenen Gedanken nachhing.

Ihre Vorgängerin, eine ukrainische Pflegerin, hatte Mamachens Literaturtest nicht bestanden. »Stell dir vor, die Frau heißt Olga Jewtuschenko, ich spreche sie auf ihren berühmten Namensvetter, den Lyriker Jewgeni Jewtuschenko, an, und sie hat noch nie was von ihm gehört!« Frau J. hatte in Kiew ein Ingenieurstudium abgeschlossen, und Thea bewunderte den Stoizismus, mit dem solche qualifizierten Frauen in Deutschland die schlecht bezahlten, anstrengenden Jobs von Pflegerinnen in privaten Haushalten verrichteten.

»Jewtuschenko gehört bestimmt nicht ins Curriculum der Ingenieursausbildung«, sagte sie.

»Sie kannte nicht mal Tschechow!«, empörte sich Mamachen. »Und abends will sie im Fernsehen ›Forsthaus Falkenau‹ und ›Der Bergdoktor‹ gucken.«

»Mamachen, Frau Jewtuschenko wird nicht dafür bezahlt, mit dir Gespräche über Literatur zu führen.«

»Ich bitte dich! Wenn sie noch gesagt hätte: Leider noch nie was von ihm gelesen. Das ist doch, als ob wir Fontane nicht kennen würden. Sie ist so schrecklich ungebildet, weiß nicht mal, was Potemkin'sche Dörfer sind.«

Wie überheblich Mamachen sein konnte, dachte Thea, und kein Wunder, dass sie sich bestens mit Potemkin'schen Dörfern auskannte, wo ihr halbes Leben aus trügerischen Fassaden bestand, manche eigens für mich aufgebaut.

Elfriedes Lesung der »Dame mit dem Hündchen« dauerte eine gute Stunde. Theas Gedanken schweiften immer wieder ab, Elfriedes prätentiöser Vortrag kollidierte schmerzhaft mit ihrer Stimmung, schien ihr auch nicht recht zum Geist der Geschichte zu passen. Rosemarie polierte ihre perlmuttfarbenen Fingernägel. Irmela stocherte zwischen den Zähnen nach Fleischfasern. Reinhild hatte sich mit geschlossenen Augen bequem zurückgelehnt, unklar, ob das der Konzentration oder der Entspannung diente, sie atmete verdächtig tief. Lisa studierte angelegentlich Mamachens Fotos in der aufgeschlagenen Illustrierten, traute sich aber nicht, die Seite umzuwenden. Thea hörte die Zucchinisuppe in ihrem Magen gluckern. Das Dessert gab es immer erst nach dem Kulturteil.

»Sehr schön!«, befand Rosemarie, vorsichtig aus schiefem Gesicht formulierend, als Elfriede geendet hatte und erwartungsvoll um sich blickte. Reinhild gähnte und straffte sich.

»Was ist eigentlich mit dem verlorenen Sohn?«, wisperte Lisa zu Thea hin.

»Schön ist wohl nicht das richtige Wort! Melancholisch, resignativ, meisterhaft erzählt«, ereiferte sich Elfriede. »Traurige, verlorene Menschen, ohne eigene Identität, in entleerter Routine gefangen, sich selbst entfremdet.«

»Welcher verlorene Sohn?«

»Ich frage mich nur, warum du dich so für Ehebruch und Dreiecksgeschichten erwärmen kannst, wenn sie im alten Russland spielen, sie aber in der Gegenwartsliteratur immer nur vulgär findest?«, wollte Irmela wissen.

Während Elfriede Tschechows gesellschaftskritischen Ansatz und zeitlosen psychologischen Blick pries, schob Lisa die »Frau im Spiegel« zu Thea hinüber. »Was meint dein Graf mit: ›Der größte Schmerz in ihrem Leben war der früh verlorene Sohn und die späte Entfremdung von der Tochter.‹?«

»Dummes Zeug!« Thea starrte auf die Stelle, gegen die Lisas Finger tippte. Sie konnte sich nicht erinnern, das gestern Abend gelesen zu haben. »Er ist nicht mein Graf. Das übliche Geschwätz, von wegen der Liebhaber, der ihr Sohn hätte sein können.«

Aber plötzlich schoss ihr der Name Hinrich durch den Kopf. Sollte etwa der …? Kasi, das Miststück, wusste etwas, was sie nicht wusste, dessen war sie sich plötzlich

gewiss. Das Doppelleben der Aimée Maquardt, die Ab-
gründe hinter den Potemkin'schen Dörfern. Sie spürte
quer durch die Brust einen ziehenden Schmerz, fast wie
Inis feurigen Nervenstrang.

»Entschuldigt«, sagte sie und stand abrupt auf, »ich
muss leider heute eher gehen.«

»Ich hätte auch von dir gern noch einen Satz zur Geschichte gehört«, sagte Elfriede gekränkt. »Und du ver-
passt ein wunderbares Dessert. Himbeertiramisu.«

21.

Der gütige Doktor Brock

Auf dem Weg vom Literaturkreis nach Hause, mit dem Auto, hatte Thea Mist gebaut.

Es kann nicht sein!, hämmerte es unaufhörlich in ihrem Kopf, es ist nur ein Hirngespinst! Es ist undenkbar, völlig unmöglich. Sich in Gedanken im Kreis drehend, verpasste sie die richtige Auffahrt zur Schnellstraße, und als sie den Fehler korrigieren wollte, geriet sie aus unerfindlichen Gründen auf die gegenläufige Fahrbahn. Dass ihr so ein grauenhafter Fehler unterlaufen konnte! Geisterfahrer! Sie war eine bedächtige, umsichtige Fahrerin, seit Jahrzehnten unfallfrei. Es herrschte gute Sicht, sie hatte keinen Tropfen Alkohol getrunken, und sie war doch keine achtzig! Zum Glück herrschte kaum Verkehr, sodass sie, als sie voller Panik realisierte, was los war, ihrem Fehlverhalten rasch noch eins draufsetzte und ganz schnell, ohne nachzudenken, einfach auf der zweispurigen Schnellstraße wendete, quer über die Fahrbahn, den durchgezogenen Strich, schweißgebadet. Anschließend fuhr sie die erste Parkbucht an und wartete, bis wieder genug Blut in ihrem Hirn war. Sie konnte nur hoffen, dass niemand sie beobachtet hatte.

Es konnte nicht sein. Es war ganz unmöglich, dass Mamachen ihr so etwas ein ganzes Leben lang hätte verheimlichen können. Es gab nie die geringste Andeutung, nie auch nur ein Wort. Tante Agathe hätte davon gewusst, selbst wenn die Schwestern jahrelang keinen Kontakt hatten, die Vettern hätten darüber geredet und es ihr gesteckt. Einfach absurd, sich so etwas zurechtzufantasieren. Kasimir hatte sich sicher wieder nur wichtigtun wollen, wahrscheinlich ging es um den Sohn, den Mamachen gern gehabt hätte, sie hätte mit Sicherheit einen Sohn einer Tochter vorgezogen, dieser Tochter allemal. Vielleicht war da auch eine Fehlgeburt, die Mamachen Thea verschwiegen hatte. Je mehr sie darüber nachdachte, desto plausibler erschien ihr diese Erklärung.

Eigentlich hatte sie sich noch in dieser Nacht die restlichen Kartons mit Mamachens Papieren vornehmen wollen, um nach Spuren eines verlorenen Sohns zu suchen. Doch die Geisterfahrer-Episode hatte ihr einen solchen Schock versetzt, dass sie ein Schlafmittel nahm und sofort zu Bett ging. Vielleicht wirkte auch noch der Albtraum des gestrigen Tages und Abends nach, die scheußliche Nacht auf dem Sofa. Schlafen, nur schlafen, sich ins Nichts katapultieren.

Am nächsten Vormittag machte sie sich an die Arbeit. Zwei Tage hintereinander tat sie nichts anderes, als die Briefe und Dokumente zu durchforsten, die Mamachen aufbewahrt hatte. Sie arbeitete angespannt und freudlos und nahm dabei kaum wahr, wie draußen kurze milde Frühjahrsschauer und freundliche sonnige Perioden einander rasch ablösten und die letzten kahlen Bäume wie im Handstreich begrünten. Sie warf fast alles weg, nachdem sie es durchgesehen hatte.

Doch das Ergebnis war eindeutig. Nichts. Es gab keinerlei Hinweise auf die Existenz eines Sohns und nichts, außer den Kinderfotos, die sie schon vor Tagen entdeckt hatte, wies auf einen Hinrich hin. Mamachen hatte keinerlei Tagebücher oder tagebuchähnliche Aufzeichnungen hinterlassen. Das schmale Bündel, das ihre Korrespondenz mit ihrem ersten Mann Otmar enthielt, erwies sich als unergiebig, die Briefe stammten aus der Zeit vor der kurzen Ehe. Es fanden sich auch keine Briefe von Theas Vater Rupert an ihre Mutter. Mamachen musste alles vernichtet haben. Das war's. Ende.

Sie hätte Kasimir anrufen können. Was weißt du, was ich nicht weiß, du Miststück? Hat sie dir irgendwas erzählt, was sie mir verschwiegen hat? Irgendwo musste noch die Visitenkarte mit seiner Telefonnummer sein, oder hatte sie die gleich weggeworfen, nachdem sie ihm die Briefe zurückschickte? Aber wollte sie sich wirklich so vor ihm demütigen?

Lisa war beleidigt. Thea hatte sie vor den Kopf gestoßen, als sie am Morgen nach dem Literaturkreisabend anrief und fragte, ob sie Lust habe, sich abends mit ihr im Bistro zu treffen, mit oder ohne Kino. Wulf-Dieter musste sich wieder allein mit seinem schwierigen Sohn befassen, und Lisa verspürte wohl Lust auf ein bisschen Klatsch und Tratsch, den Mamachens Biografie abzuwerfen schien.

»Nein«, sagte Thea abwesend, »keine Zeit. Auf absehbare Zeit keine Zeit.«

»Dann eben nicht!«, sagte Lisa erbost und brach das Gespräch abrupt ab.

Am Abend des zweiten Tages saß Thea erschöpft vor den inspizierten Kartons, die jetzt bloße Altpapierbehälter waren. Sie ertappte sich dabei, wie sie ihre Haare ratlos zerwühlte. Das hatte Mamachen immer getan – »Johanna, die Wahnsinnige!«, kommentierte sie dann mit einem vergnügten Blick in den Spiegel. Thea hatte es schrecklich theatralisch gefunden. Wenn sie sich nicht mit ihren Fragen an Kasimir wenden wollte, musste sie abwarten, ob das Testament Aufklärung bringen würde. Bis dahin musste sie die Ungewissheit aushalten.

Welche Ungewissheit? Um was ging es überhaupt? Da war nichts. Alles dummes Zeug. Sie würde es einfach vergessen.

Noch nie im Leben, nicht nach Jochens Tod, nicht am Ende ihrer Berufstätigkeit, hatte Thea sich so müde und entleert gefühlt, so restlos am Ende. In den zwei Tagen, die sie mit dem Durchwühlen der Kartons verbracht hatte, hatte sie ihre Alltagsrituale vernachlässigt, sich nicht mal ordentliche Mahlzeiten gekocht. Wie lange es wohl dauerte, bis so ein Testament eröffnet wurde? Ob sie mal beim Gericht anrufen sollte?

War der Zustand der Erschöpfung, den sie fühlte, noch normal? Neben der Antriebslosigkeit registrierte Thea auch einen heftigen Alterungsschub: Arthroseschmerzen in Knien und Handgelenken. Morgens fielen ihr Gegenstände aus der Hand, die Haarbürste, die Milchflasche, eine Riesensauerei auf dem Küchenfußboden. Sie schlief schlecht. Und immer wieder diese Kopfschmerzen.

Was war los mit ihr? Alles grau. Perspektivlosigkeit. »Mir graust vor dem Alter«, sagte sie laut vor sich hin.

Sobald die Sache mit dem Testament gelaufen ist, werde ich verreisen, egal wohin, wochenlang. Gleich morgen hole ich mir Prospekte aus dem Reisebüro.

Ich werde in eine andere Stadt ziehen, wo mich niemand kennt. Keine Lisa, keine Norgard, kein Literaturkreis. Keinerlei Erinnerungen an Mamachen. Ganz neue fremde Straßen und Parks. Neue Menschen kennenlernen. – Tust du doch nicht, du feige Socke, da wärest du doch nur noch stärker konfrontiert mit deiner inneren Leere.

Ich kann mir immer noch einen Hund aus dem Tierheim holen und eine schrullige Alte werden wie Norgard, ins Alter einwilligen, täglich mit Fiffi Gassi gehen und sonst nichts mehr vom Leben erwarten.

Erst hatte sie gedacht, ihr neues Leben würde mit dem Ende der Berufstätigkeit anfangen. Dann verschob sich die Erwartung auf die Zeit nach Mamas Tod. Wenn sie den Nachlass geordnet und die Wohnung aufgelöst und dieses Kapitel endlich abgeschlossen hätte. Nun musste sie auf das Testament warten. Vielleicht, dachte Thea, gibt es in Wirklichkeit gar kein neues Leben. Nie mehr ein eigenes Leben. Sie wusste ja nicht mal, wie es aussehen könnte.

Plötzlich sehnte sie sich nach jemandem wie Dr. Brock, dem Hausarzt ihrer Kindheit, den sie als gütigen, etwas vertrottelten alten Mann in Erinnerung hatte. Wieso alter Mann, er war bestimmt zehn Jahre jünger gewesen als sie jetzt. Nach einem Dr. Brock, der sich unendlich

Zeit für sie nehmen, ihr mit zerstreuter Weisheit einfach nur zuhören würde. So was Älteres, Gütiges, Kurzsichtiges, das voller Lebenserfahrung durch dicke Brillengläser schaute, unendlich geduldig. Ein Arzt, der nicht gleich geschäftig: Dann nehmen wir mal Blut ab sagte, und eine Urinprobe und, noch bevor sie Luft geholt hatte: Das wars, rufen Sie nächste Woche an, wegen der Werte, auf Wiedersehen, der Nächste, bitte.

Das kann doch nicht normal sein, dass ich immerfort so müde bin, seit meine Mama tot ist, würde sie ihm klagen.

Sie wünschte sich einen Arzt, der einfühlsam nachfragen würde: Schlafen Sie denn genug?

Jede Nacht mindestens acht Stunden, würde sie mutlos antworten, ich schlafe und schlafe und bin trotzdem immer müde! Ich stehe um sieben Uhr auf, jetzt, wo es wieder heller ist, im Winter um acht, ich gehe zwischen zehn und elf ins Bett (nie würde sie wagen, einem normalen, immer geschäftigen Arzt dergleichen Banalitäten zu berichten!). Ich halte sogar einen Mittagsschlaf.

Jetzt würde Dr. Brock immer noch nicht nach der Uhr schielen, ihr auch nicht ungeduldig über den Mund fahren, um das Gespräch abzukürzen, sondern mit seinem zugleich abwesenden und freundlich besorgten Blick weiterforschen: Fühlen Sie sich im Augenblick unter Druck? Sind Sie besonders belastet?

Es sollte genau anders herum sein, Herr Doktor!, würde sie verzweifelt ausrufen. Müsste ich mich nicht erleichtert fühlen, jetzt, da ich wieder reichlich Zeit und Muße habe, seit meine Mutter gestorben ist? Vorher stand ich unter Druck, vorher war ich belastet – aber vorher ging es mir besser! Jetzt, wo ich ausruhen kann, bin ich ständig unruhig und müde zugleich – weswegen?

Was würde er sagen? Das braucht seine Zeit, Kindchen? (Der alte Hausarzt ihrer Kindheit hatte Mamachen wie Thea unterschiedslos mit »Kindchen« angeredet.) Würde er zu Baldrian raten? Trinken Sie nachmittags einen beruhigenden Kräutertee, geben Sie der Seele die nötige Zeit … Lange Spaziergänge, die Heilkraft der Natur, Ruhe, Muße und das gute Buch … Man muss sich Zeit lassen zu trauern. Die Mutter ist die Mutter, egal wie alt sie war … würde der gütige Dr. Brock in seiner zerstreuten Weisheit sagen, während sein Bild verblasste.

Aber es ist nicht, wie Sie denken, Herr Doktor, rief sie ihm hinterher, ganz außer sich. Ich trauere nicht, ich hasse sie! Ich bin froh, dass sie tot ist! Sie hat mir mein Leben gestohlen. Ich war für sie da, als sie alt und krank war, habe mich um sie gekümmert, Tag und Nacht, obwohl sie mir in der Kindheit alles andere als eine gute Mutter war. Und zum Dank hat sie mich an der Nase herumgeführt, ausgetrickst, betrogen.

Es gab keinen Dr. Brock mehr.

Ihr Leben war vorbei, und sie hatte nichts daraus gemacht, dachte Thea, am Fenster stehend. Man sollte spazieren gehen, den Frühling wenigstens zur Kenntnis nehmen, solange man noch zwei Beine hatte, die einen trugen. Wo nahm eine wie Norgard die innere Ruhe her? Wie andere Menschen es schafften, immer so dahinzuleben, schien ihr von Zeit zu Zeit das größte Rätsel. Aber welcher Unsinn: Warum sollte ihr Leben vorbei sein, nur weil ihre Mutter tot war? Sie hat zu lange gelebt, auf meine Kosten. Ihr Tod kam für mich zu spät. Das war ein schrecklicher Gedanke. Wenn da nicht ein dürres Händchen aus dem Grab langte, um ihr eine zu scheuern!

Wann war sie überhaupt zuletzt auf dem Friedhof gewesen? Die ganze Woche noch nicht. Im Alter sollte man sich bewegen, täglich, und wenn es nur der regelmäßige Gang zum Friedhof war. Thea schüttelte sich.

Sie hätte eine bessere Ausbildung machen und einen anspruchsvolleren Beruf ausüben sollen, eine in sich befriedigende Tätigkeit. Dann würde sie jetzt vielleicht so in sich ruhen wie Norgard mit ihrem mathematischen Strickzeug oder so in der Literatur aufgehen wie Elfriede. Ruhte Elfriede wirklich in sich selbst? Zumindest schien sie sich wichtig zu nehmen, sich und die Dinge, mit denen sie sich befasste, ebenso wie die glatte Rosemarie, für die gepflegter Kulturkonsum offenbar ein ausreichender Lebensinhalt war. Wie schafften andere es, ein positives Selbstbild aufrechtzuerhalten, ohne noch eine nennenswerte Aufgabe zu haben?

Warum hatte sie keine Kinder bekommen? Wenn ich Kinder hätte und vielleicht sogar Enkel, würden sie mich innerlich ständig beschäftigen wie Reinhild und Irmela, im Guten wie im Bösen. War Mamachen schuld an ihrem leeren Leben? Natürlich hätte sie lieber einen Sohn gehabt, männerfixiert, wie sie war. Sie hat immer ein bisschen auf mich herabgeschaut. Das stimmte nicht: Sie hatte ihre Tochter als zukünftige Wissenschaftlerin gesehen, das hatte sie ihr zugetraut. Sie hat mich einfach nicht so akzeptiert und geliebt, wie ich war. Ich war ihr nicht gut genug, nicht geistreich und schön genug, ich war nichts Besonderes. Mamachen hatte alles: reichlich Männer, ein Kind und einen Beruf, der sie leidenschaftlich ausfüllte, Anerkennung, ständigen Beifall, zuletzt sogar Geld und soziale Sicherheit.

Anfangs hatten sie keine Kinder gewollt; Kinder waren teuer und sie mussten sparen, auf eine größere Wohnung, ein besseres Auto, diverse Einrichtungsgegenstände. Und als Thea den Wunsch zum ersten Mal vorsichtig äußerte, Anfang dreißig, noch halbherzig, und als er dann immer dringlicher wurde, Mitte dreißig, da hatte Jochen brav seinen Pflichtbeitrag geleistet, aber es hatte nicht mehr geklappt.

Sicher, er war ein guter Mann, ich habe eine gute Ehe gehabt, dachte Thea. Sie sah Jochen beim Frühstück hinter der Zeitung, teils abwesend, teils irritiert über die Weltläufte murmelnd, sah sich mit ihm beim sonntäglichen Spaziergang, launige Bemerkungen über andere Spaziergänger und das Wetter austauschend. Sie hatte ihn ausgeglichen, meist freundlich in Erinnerung. »Wie hast du geschlafen, Liebes?«, fragte er sie unfehlbar jeden Morgen. Allerdings hatte er eine fatale Art, auch als Anwesender abwesend zu wirken. Am liebsten wäre er jedes Jahr im Sommerurlaub an die Nordsee gefahren, womöglich in den gleichen Ort, doch Thea zuliebe ließ er sich ab und an auch auf andere Reiseziele ein, und nicht einmal in all den Jahren hatte er vergessen, ihr zum Hochzeitstag die dreißig roten Rosen zu schenken.

Jahrelang hatten sie nur nach Stundenplan miteinander geschlafen, wenn die potenziell fruchtbaren Tage es

verlangten, dazwischen vorschriftsmäßig Spermien ge-
spart, und als die Hoffnung auf Schwangerschaft schwand,
schliefen sie allmählich gar nicht mehr miteinander. Das
Bedürfnis danach verging irgendwie ganz von selbst. Es
hatte ihr nicht gefehlt, sie war nicht Mamachen. Aber
Jochen fehlte ihr so sehr, er war das zuverlässige Element
in ihrem Leben. Sie hatte ihn gebraucht, um sich sicher
und geborgen zu fühlen, vielleicht auch ein winziges bisschen überlegen.

Sicher würde es mir jetzt besser gehen, wenn er noch
lebte, dachte sie – vielleicht nicht wirklich richtig gut,
aber ich würde diese schreckliche Leere nicht spüren.

22.

Kein Frühling

Die Tage schlichen. Das Nachlassgericht teilte mit, dass die Ausstellung des Erbscheins bis zur Testamentseröffnung ausgesetzt sei. Thea nahm den Frühling noch immer nicht wahr, obwohl es geradezu übertrieben blühte, in Gelb und Zartlila, in Weiß und Rosa – »Entzückend!«, hätte Mamachen beim Anblick der mit japanischer Kirsche gesäumten Allee gerufen, die Thea blind durchlief, auf dem Weg zur Ärztin.

Sie schlief schlecht, lag nachts lange wach und fühlte sich tagsüber wie ausgewrungen. Sie aß ohne Appetit und nahm zwei Kilo ab, was sich an ihrer ohnehin mageren Gestalt und in ihrem langen faltigen Gesicht ungesund bemerkbar machte. Deutete nicht alles auf eine tückische Krankheit hin? Sie suchte ihre Hausärztin auf, die Blut- und Urinproben nahm und ihr, als sie weisungsgemäß drei Tage später in der Praxis anrief, allerbeste Gesundheit bescheinigte. Alle Werte lägen im normalen Bereich für ihr Alter, Blutdruck, Blutfette, Cholesterin, Leber und so weiter. Sie werde hundert Jahre alt wie ihre Mutter. Und die Antriebslosigkeit? Die Appetitlosigkeit? So was kommt vor nach anhaltenden Belastungen, gehen Sie mehr raus an die frische Luft, bewegen Sie sich … Und die Kopfschmerzen? Die Arthrose? Mit der Arthrose müssen Sie leben. Und wenn die Kopfschmerzen Sie so beunruhigen, können wir ja zur Sicherheit noch eine Computertomografie machen.

Lisa, bei der sie sich für ihr ruppiges Verhalten entschuldigt hatte, sprach von Frühjahrsmüdigkeit und depressiven Verstimmungen, sie empfahl Johanniskraut. Auch fand sie es bedauerlich, dass Thea die Partnersuche im Internet aufgegeben hatte; ein bisschen Flirten, selbst wenn daraus weiter nichts würde, bringe doch Würze ins Leben. Einmal gingen sie zusammen ins Kino, »Das Ende ist mein Anfang«, ein pathetischer Film über das Sterben eines ehemals kommunistischen, später zum tibetanischen Buddhisten mutierten Starjournalisten, der Lisa gut, Thea dagegen überhaupt nicht gefiel. Sie fand den Film kitschig, besonders ärgerte sie sich darüber, dass einer, der angeblich einwilligte, als Namenloser im Nichts aufzugehen, sich so viel Raum nahm für seine Plattitüden, die er als Lebensweisheit verkaufte. Sie war schon nach der Hälfte eingedöst.

Mehrmals hörte sie am Telefon Norgards euphorische Berichte über Grey Eye, die neue Katze, die sich als ein Ausbund von Neugier, ein Wunder an Intelligenz und zugleich als himmlisch verschmust erwies. Nur Madame Curie, Norgards alte Katze, wollte die Neue immer noch nicht akzeptieren und hatte aus Protest auf das Sofa und in den Wäscheschrank gekackt. Selbst das tat Norgards Begeisterung keinen Abbruch. Und das mathematische Strickzeug? Lag zurzeit brach, Norgard hatte leider auch keine Zeit, mit Thea spazieren zu gehen, zum einen, weil sie täglich mehrere Stunden in familientherapeutische Sitzungen mit den Katzen investieren musste, zwecks Annäherung zwischen den beiden, zum anderen lief sie sowieso nicht gern. Ihr tat oft das Knie oder die Hüfte weh, häufig beides gleichzeitig. Sie lud Thea aber herzlich ein, sie zu besuchen und das Katzenwunder selbst in Augenschein zu nehmen.

»Bald«, versprach Thea müde.

Es musste ihr schon sehr schlecht gehen, bevor sie auch Irmela anrief. Die vertraute ihr an, dass sie eine Psychotherapie mache, schon länger, Lebensbilanzierung und Neubesinnung an der Schwelle zum Alter, und riet ihr warm, das Gleiche zu tun. Es sei dafür nie zu spät. Sie, Irmela, sei gerade dabei zu lernen, den Sohn Julian freizugeben. Dann begann sie, Thea sehr ausführlich von Julian und seinen beiden Freundinnen zu erzählen, von dem Baby, das eine dieser Frauen erwartete und um das sie sich so gern mit kümmern würde, doch je näher der Geburtstermin rückte, desto mehr schien Julian sich von dieser Freundin ab- und der anderen zuzuwenden, ohne sich aber wirklich für eine entscheiden zu können. Thea, die keinerlei therapeutischen Fortschritt aus Irmelas Geschichte heraushören konnte, vergaß am Ende zu fragen, ob sie mal zusammen spazieren gehen sollten.

Mit einer gewissen Genugtuung verkaufte sie Mamachens antiken englischen Sekretär und die Bauerntruhe an Antiquitäten Ludwig, das erste Geschäft am Platz. Die Bauerntruhe sei nichts Besonderes, Anfang 20. Jahrhundert, von dergleichen werde der Markt geradezu überschwemmt, sagte der Juniorchef, der die Möbel in Theas Wohnung in Augenschein nahm. Doch er konnte das Aufleuchten seiner Augen nicht verbergen, als er den Sekretär musterte. 3500 Euro für beides! Als Thea zögerte und etwas von eBay murmelte, bot er sofort 4000 Euro, obwohl er jetzt drauflegen werde, behauptete er, schließlich müssten beide Teile noch aufgearbeitet werden. Thea willigte ein.

Mamachens Grab besuchte sie in all dieser Zeit nicht, obwohl es inzwischen schlimm aussehen musste mit den mehrere Wochen alten Blumengestecken und Kränzen, verdorrt und verblüht, auf dem matschigen Erdauswurf. Sie rief lediglich die Friedhofsgärtnerei an und erteilte einen Pflegeauftrag. Die sollten zu gegebener Zeit das Zeug abräumen und irgendwas Passendes auf die nackte Erde packen, bis sie sich senkte.

Zu Mamachens Wohnung dagegen musste sie sich dann und wann bequemen, alle paar Tage, um den überquellenden Briefkasten zu leeren. Frappierend, was sich dort immer noch ansammelte, obwohl sie sämtliche Abos und Mitgliedschaften ordnungsgemäß gekündigt hatte. Schrott zumeist, Werbung, im Gehen flüchtig durchgesehen und gleich im nächsten öffentlichen Papierkorb entsorgt. Doch die Wohnung selbst mochte sie nicht betreten, die verwahrloste Baustelle, mit den hier und da bereits frisch gestrichenen Wänden, den aufgerissenen Fußböden und dazwischen noch verpackt herumstehenden sanitären Artikeln, der gähnend leeren Küche, mit Löchern in den Wänden, aus denen eine Wirrnis nackter Kabel, Leitungen und Rohre staken.

Sie gab ihre ehrenamtliche Tätigkeit in der Gemeindebücherei auf, aus gesundheitlichen Gründen, erklärte sie dem Pfarrer. An dem frei gewordenen Nachmittag hatte sie sich einer Walking-Gruppe anschließen wollen, konnte sich aber nicht aufraffen. Reinhild, die sie einmal zufällig auf dem Weg zur Ärztin traf, empfahl ihr das Schwimmen, sie selbst gehe einmal die Woche zum Seniorenschwimmen, immer dienstags, keine lärmenden und spritzenden Kinder, sehr angenehm. Doch beim Gedanken an den Weg dorthin, an das öffentliche Ausziehen und wieder Anziehen, an gechlortes Wasser, nasse Haare und an den Beinen klebende Kleider konnte sich Thea nicht entschließen.

Von Frau Borodcziej traf eine Karte aus Lodz ein, mit freundlichen Grüßen, sie könne jetzt drei Monate zu Hause bleiben, bevor sie sich auf eine neue Pflegestelle in Deutschland vermitteln lasse, und sie denke noch oft an Frau Zirbels »wunderbare kleine Mama«.

Thea wollte nicht an ihre wunderbare kleine Mama denken und zerriss die Karte sofort.

Der Flieder blühte.

Ein paar Tage war es unverhältnismäßig heiß für Mai, auch nachts, und Thea schlief beziehungsweise durchwachte die Nächte schwitzend bei weit geöffnetem Fenster, nur unter einem Laken, wie im Hochsommer. Dann wurde es plötzlich wieder empfindlich kühl, und sie holte sich eine hässliche Erkältung. Abermals saß sie im Wartezimmer der Hausärztin, die ihr, vielleicht weil sie zum dritten Mal innerhalb von zwei Wochen dort erschien, nur Harmloses verschrieb, obwohl sie böse schniefte und hustete. Prompt nistete der grippale Infekt sich hartnäckig ein, wie sie es befürchtet hatte. Jetzt hatte sie wenigstens einen Grund, sich immerfort schlapp zu fühlen, die Tage auf dem Sofa zu verbringen, und sie brauchte auch niemanden mehr zu suchen, der mit ihr spazieren ging.

Da war zurzeit auch niemand außer Norgard, mit dem sie hätte telefonieren können. Die Damen des Literaturkreises waren fast sämtlich verreist, sodass das nächste Vorlesetreffen verschoben werden musste. Elfriede mit Familie in der Provence, Lisa mit dem schönen Wulf-Dieter zu Wellness-Tagen auf der Mainau im Bodensee, Rosemarie sowieso, Thea hatte vergessen, welches fernöstliche Land diesmal an der Reihe war, und Ini in Kur, doch die beiden hätte sie ohnehin nicht angerufen.

Sie hätte nur schwer sagen können, was sie eigentlich den ganzen Tag tat. Jedenfalls hatte sie es nur mit Mühe geschafft, Philip Roths, »Jedermann« zur entsprechenden Sitzung fertig zu lesen; sie fand den Roman glänzend geschrieben, doch scheußlich deprimierend, sie fühlte sich im Zentrum ihrer Lebensstimmung getroffen. So las sie, auf dem Sofa liegend, immer nur ein paar Seiten, legte das Buch beiseite, starrte zur Decke, schaltete den Fernseher an, um sich abzulenken, nickte nach einer Weile ein und konnte dann in der nächsten Nacht wieder nicht durchschlafen. Auf dem Schreibtisch stapelten sich die ungelösten Sudokus.

Ein paar Mal dachte sie an das kleine Briefbündel im Schreibtisch, Kasimirs Briefe an Mamachen, die sie unterschlagen hatte. Sie hätte sie am liebsten weggeworfen, denn sie schämte sich jetzt dafür, zumal sie eine tiefe Abneigung verspürte, sie zu lesen.

Die Computertomografie erwies, dass sie keinen Hirntumor hatte, dafür machten ihr jetzt wieder die Bandscheiben zu schaffen. Vielleicht schadete das viele Liegen auf dem Sofa ihrem Rücken, vielleicht sollte sie mal eine neue Matratze für ihr Bett kaufen, die alte hatte über zwanzig Jahre auf dem Buckel. Die Hausärztin hatte ihr gegen Rückenschmerzen und Arthrose mehr Bewegung und Gymnastik empfohlen. Doch Thea, die seit Mamachens Tod auch ihre Feldenkrais-Gruppe schwänzte, ging stattdessen zum Orthopäden, der ihr eine Spritze verpasste; daraufhin war es einige Tage besser.

Dann, endlich, kam die Mitteilung vom Nachlassgericht, dass Mamachens Testament eröffnet worden sei. Thea setzte sich aufrecht an den Schreibtisch und atmete tief durch, bevor sie den Din-A 4-Umschlag aufriss. Als Erstes sprang ihr Mamachens Handschrift entgegen, die Kopie des Testaments. Die unordentlich angestrengte Handschrift der letzten Wochen, kritzelig und krakelig, eher bergab als bergauf, verschwamm vor Theas Augen, sodass sie zunächst hastig das beigefügte amtliche Schreiben überflog, bis ihr Blick an dem Namen Hinrich hängen blieb, an dem, was sie vermutet und gesucht und doch bis zuletzt nicht geglaubt hatte: »Gesetzliche Erben: 1. der Sohn Dr. Hinrich Balthasar Vollmer, 2. die Tochter Thekla Isadora Zirbel, geborene Mackrodt«.

Da hatte sie es schwarz auf weiß, Hinrich Balthasar, Dr. Hinrich Balthasar Vollmer, auch nicht viel besser als Thekla Isadora, geboren am 15.12.1938, Abkömmling aus der ersten Ehe der Erblasserin mit Otmar Vollmer, geb. 17.2.1898, verst. 27.2.1959. Das Phantom war zwei Jahre älter als sie. Es hatte sogar eine Adresse: wohnhaft in Toronto, Kanada.

In ihrer Fantasie hatte Thea bereits alle Horrorszenarien vorweggenommen nach den Nackenschlägen der letzten Wochen, hatte sich schon enterbt gesehen, während dicke Brocken an die Vettern, an den schmierigen Kasi-Hasi und sonst wen gingen, der gewaltige Batzen aber an den großen Unbekannten. Doch von dessen Existenz abgesehen barg das Testament keinerlei neue Gemeinheiten. Mamachen hatte Thea als Haupterbin eingesetzt, Hinrich sollte lediglich den Pflichtteil bekommen, immerhin gut 60 000 Euro, denn das Vermögen war größer, als sie gedacht hatte, es belief sich auf knapp 250 000 Euro, dazu die Eigentumswohnung, die auch Thea haben sollte. Für die Vettern waren je 15 000 Euro vorgesehen.

Thea saß am Schreibtisch und atmete. Sie las das handschriftliche Testament dreimal, fünfmal. Eine fremde Frau kam ihr darin entgegen. »Möchte ich meinem Sohn Hinrich nur den Pflichtteil zukommen lassen, weil die finanziellen Bedingungen seiner Kindheit und Jugend günstiger waren als die meiner Tochter Thekla, weil er eine bessere Berufsausbildung machen und bereits seinen Vater beerben konnte.« Immerhin hatte sich Mamachen nicht an ihr gerächt. Moment mal, für was gerächt? Schließlich hatte sie ihre Mutter die letzten Lebensjahre aufopfernd gepflegt. Sie war die, der man übel mitgespielt hatte! Warum hatte Mamachen Hinrich totgeschwiegen? Warum war der nicht eher auf sie zugekommen?

Die Zeit stand still. Theas Kopf war leer.

Warum musste Mamachen posthum noch so ein Schmierentheater veranstalten? Als hätte sie nicht ihr ganzes Leben lang genug Theater gespielt, auf meine Kosten!

Über dem Schreibtisch tanzten in schrägem Sonnenstrahl Staubkörner. Im grellen Licht registrierte sie, dass das Glas vor Jochens Foto, im versilberten Rahmen, mit fettigen Fingerabdrücken verschmiert war. Mechanisch nahm sie ein Tempotuch zur Hand, um es zu putzen. Ein Foto von Mamachen gab es nicht, und sie würde auch keines aufstellen.

Als das Telefon ging, ließ sie Ulrich auf den Anrufbeantworter sprechen. Die Vettern, dachte sie, würden ziemlich enttäuscht sein angesichts der bescheidenen Legate, sie hatten sich wohl mehr versprochen, nach Mamachens vollmundigen Andeutungen. Nicht Theas Problem, nicht wirklich. »Wir wussten gar nicht, dass du einen Bruder hast!«, rief Ulrich aufgeregt. »Ruf doch mal an! Mutter hat nie von ihm erzählt und Tante Amalia auch nicht.« Von einem gemeinsamen Abendessen war allerdings keine Rede.

23.

Vom Verfassen eines Briefs

Sie würde Kontakt mit ihm aufnehmen müssen. Mamachen hatte sie im Testament mit der Regelung des Nachlasses beauftragt. Immerhin. Wäre ja auch noch schöner. Thea hasste den Gedanken, dass sie auf ihn zugehen müsste. Schreiben oder telefonieren? In der amtlichen Mitteilung des Nachlassgerichts stand bei seiner Adresse auch eine Telefonnummer. Telefonieren schon gar nicht. Keine E-Mail-Anschrift. In welchem Jahrhundert leben wir eigentlich? Aber schreiben war auch nicht viel besser. Wäre es nicht eigentlich an ihm gewesen, Kontakt mit ihr aufzunehmen? Es lag auf der Hand, dass er eher von ihr gewusst hatte als sie von ihm, wer weiß, wie lange schon. Spätestens bei der Beerdigung war ihm klar, wer sie war. Alle hatten es gewusst, Mamachen, dieser Hinrich selbst, sogar Kasimir. Nur sie nicht. Sie fühlte sich als das Opfer einer Verschwörung, alle hatten hinter ihrem Rücken gemauschelt und getuschelt, Thea, der tumbe Tor, die arme Doofe, gerade gut genug, die alte Mutter zu pflegen.

Norgard zischte am Telefon durch die Zähne – sie konnte das zurzeit hervorragend, ziemlich feucht, weil bei ihr gerade eine Lücke neben den Schneidezähnen klaffte und sie sich viel Zeit mit der Entscheidung Kronen-plus-

Brücke oder Implantat ließ. »Man fragt sich«, sagte sie gedehnt, »ja, man fragt sich wirklich … Kein Wunder, dass du dir reichlich blöd vorkommst. Sicher wird sie ihre Gründe gehabt haben. Sobald du mal mit deinem Bruder geredet hast, wird es dir besser gehen. Dann kannst du die ganze Geschichte ad acta legen. Deine Mutter sozusagen endgültig begraben.«

Mamachen ist längst für mich gestorben, dachte Thea. Diese Formulierung erschien ihr nicht mal sonderbar. Sie sah sich, wie sie einen Riesenfelsbrocken auf das Grab wälzte. Was mich betrifft, ist sie schon Ewigkeiten töter als tot.

»Was heißt hier mit meinem Bruder reden – der Mann lebt in Kanada. Außerdem will ich ihm gar nicht begegnen. Wir sind ein Leben lang ganz gut ohne einander ausgekommen.«

Sie saß am Schreibtisch und formulierte: »Ich finde es ziemlich merkwürdig …«, »Es ist höchst bedauerlich …«. Sie entwarf Briefanfänge auf protzigem weißen Papier, mit aufgeprägtem Briefkopf, und hing schon bei der Anrede fest. »Lieber Hinrich« brachte sie nicht über sich. »Meiner Ansicht nach hätten Sie …«, »Es gibt mir zu denken, dass Sie …«. Eigentlich war es albern, ihn zu siezen, er war immerhin ihr Bruder. Halbbruder. Sie hätte am liebsten so etwas Altmodisches wie »Werter Herr!« über den Brief gesetzt. »Meiner Ansicht nach ist es ungehörig …«, ja, ungehörig war das richtige Wort. Ich finde es ungehörig und unanständig, was ihr da mit mir veranstaltet habt, Mamachen und du, im Verein miteinander. »Ich wünsche darüber aufgeklärt zu werden, warum ich jetzt erst erfahre …«

Albern. Alles, alles albern. Tatsache war, dass sie, obwohl Haupterbin und reichlich von Mamachen bedacht, sich von ihr und diesem Hinrich verschaukelt fühlte, sodass sie innerlich nicht zur Ruhe kam, jetzt erst recht nicht. »Werter Herr, Sie sind und bleiben ein Fremder für mich. Bitte teilen Sie mir umgehend Ihre Kontonummer mit, ich werde die Ihnen von meiner Mutter zugedachte Summe anweisen, sobald ich über das Kapital verfügen kann, aber erwarten Sie keine Verbrüderung mit mir.« Verschwisterung, würde Irmela korrigieren. Oder müsste man korrekt »Vergeschwisterung« sagen? Egal, da sie diesen Briefentwurf ohnehin nicht abschicken würde.

Sie saß in Norgards Wohnzimmer, wo es roch, als sei wochenlang nicht gelüftet worden, und kaute an einem trockenen Stück Streuselkuchen. Norgards Kaffee war gut und stark. Madame Curie, die alte Katze, hockte bewegungslos auf der Fensterbank und versuchte, Grey Eye, die neue Katze, niederzustarren. Die starrte von der Kommode aus unbewegt zurück. Beide Schwänze gingen ruckartig hin und her. Stellungskrieg; keine von ihnen schien die anwesenden Frauen zur Kenntnis zu nehmen.

»Immerhin«, erklärte Norgard zufrieden, »halten sie es schon mehrere Stunden im selben Raum aus. Und einmal ist es mir sogar gelungen, beide eine Weile gleichzeitig auf dem Schoß zu halten und zu streicheln, ohne dass sie sich gegenseitig abgemurkst hätten. Es kostet sie viel. Man muss ihnen Zeit lassen.«

Entschuldigend fügte sie hinzu: »Ich kann hier nur lüften, wenn sie im anderen Zimmer sind – sonst geht mir eine von beiden über die Dächer auf und davon. Keine Ahnung, welche.«

Thea war so mit sich selbst befasst, dass nicht mal Madame Curies Blähungen sie störten. Sie sagte anklagend: »Wenn ich bedenke, was sie mir alles zugemutet hat. Was ich mir alles von ihr habe gefallen lassen. Weil sie so alt war. Weil sie krank und hilflos war. Weil sie meine Mutter war. Habe ich dir erzählt, wie sie mich noch zwei Wochen vor ihrem Tod beinahe geohrfeigt hätte?«

»Wirklich?« Norgard ließ die abwechselnd fauchenden Kombattanten nicht aus den Augen, Madame Curies Knurren mutierte zu einem gefährlich tiefen Grollen.

»Sicher bin ich manchmal ein bisschen harsch gewesen, ich konnte zuletzt einfach nicht mehr. ›Wie oft hab ich dir schon gesagt, du sollst nach mir oder Frau Borodcziej rufen, wenn du zum Klo musst!‹ ›Du sollst, du sollst nicht‹, äffte sie mich nach und schrie dann plötzlich: ›Am liebsten würde ich dir eine verpassen, wenn ich nur könnte!‹ So was musst du dir mit fast 70 von deiner 95-jährigen Mutter anhören.«

Thea verstummte, behielt den Rest der Geschichte für sich. Sie brachte es nicht über sich, Norgard zu erzählen, wie ihr Mamachen »Du bist ja bösartig!« zugezischt hatte, während sie sie wieder zurück ins Bett verfrachtete. Frau B. hatte es zum Glück nicht gehört. Thea sah Mamachens Gesicht noch deutlich vor sich, von Erschöpfung und Wut gleichermaßen verzerrt, für diesen Ausbruch hatte sie sichtbar die letzten Kraftreserven mobilisiert.

»Hilflosigkeit macht wütend«, meinte Norgard lapidar. »Wie würde es dir denn schmecken, so abhängig zu sein?«

»Von wem denn?«, rief Thea böse. »Ich hab ja niemanden, wenn ich mal dran bin.«

»Die Tatsache, dass sie dir ein Leben lang einen Bruder verheimlicht hat, steht auf einem anderen Blatt. Guck dir mal an, wie die beiden jetzt aufeinander losgehen! High Noon – ein richtiger Western. Zum Schreien komisch. Jetzt muss ich wohl einschreiten.«

Thea brütete mehrere Tage über dem Brief an Hinrich, über diesen drei oder vier Sätzen, bevor sie eine Variante formuliert hatte, die sie sich abzuschicken entschließen konnte. Sie schlief immer noch schlecht, auch nachdem sie die testamentarischen Bestimmungen erfahren hatte, und erwachte manchmal von Albträumen. Einmal hörte sie Mamachen laut rufen, im Dunkeln, mitten in der Nacht. Die Rufe erschienen ihr ganz wirklich, keineswegs wie ein Traum. Etwas hatte Mamachen von ihr getrennt, es war Mamachens Schuld, sie war vorwärts gerannt in die Dunkelheit, ohne sich auch nur einmal nach Thea umzudrehen. Plötzlich war sie verschwunden. Thea war darüber fast erleichtert, bis sie Mamachen im Dunkeln rufen hörte, sie rief Theas Namen, verzweifelt, von der anderen Seite einer tiefen Schlucht. »Thea! Thea!« Thea reagierte zunächst nicht, aus einem geheimen Triumph heraus, einer Art wohligem Rachegefühl. Soll sie von mir aus ins Leere rufen, ich bin lange genug gesprungen. Aber dann konnte sie die tiefe Verzweiflung in Mamachens Stimme nicht länger ertragen, es klang wie ein dumpfes Heulen, eine aus tiefsten Tiefen kommende Trostlosigkeit, Hoffnungslosigkeit, und Thea stieg eilig auf das Dach des Hauses, formte ihre Hände zu einem Trichter und schrie ins Schwarze zurück: »Mamachen! Hier bin ich! Thea! Ich komme dich morgen holen!«, unsicher, ob Mamachen sie überhaupt hören könnte, so weit weg, und auch ein bisschen in Sorge, was die Leute wohl dächten bei dem Geschrei. Da war erst Stille auf der anderen Seite, so was wie ein staunendes Schweigen, dann vernahm sie ein dünnes erleichtertes Stimmchen: »Ja.« Wie ein geseufztes Fädchen im Wind. Und Thea erwachte in eine große Stille hinein, vielleicht davon, dass sie wirklich laut gerufen hatte, sehr aufgewühlt.

»Ich komme dich morgen holen.« Was um Gottes willen sollte das denn heißen? Und in Gedanken, verwirrt, rollte sie gleich wieder den dicken Steinbrocken auf Mamachens Grab. Von Ausgraben konnte keine Rede sein.

Sie hatten aber doch auch viele gute Stunden gehabt in diesen letzten Jahren. Lang andauernde freundliche Phasen, in denen sie einander respektvoll begegnet, miteinander nachsichtig gewesen waren; sie hatten sogar manches Mal zusammen gelacht. Warum musste sie, seit das Testament aufgetaucht war, so unverhältnismäßig oft an die schlimmen Augenblicke denken? Mamachen, die apathisch vor sich hindämmerte in den allerletzten Wochen, das ging noch, und ihre gelegentlichen Wutanfälle waren allemal leichter zu ertragen gewesen als ihr sichtbares äußeres und inneres Schrumpfen. Doch dazwischen stiegen diese schrecklichen Bilder auf, die sie einfach nur vergessen wollte.

Das Grauen der letzten Nacht.

Gegen drei Uhr hörte sie Mamachen rumoren, auf dem

Weg zum Klo, Thea rannte herbei – warum zum Teufel rief ihre Mutter nicht nach ihr, was ritt sie bloß, dass sie sich immer wieder starrköpfig allein auf den Weg machte? Als Thea die Schwankende unter den Achseln packte, um sie zu stabilisieren, schrie Mamachen laut, dass sie Hunger habe – um drei Uhr nachts, nachdem sie von ihrem Abendessen, wie üblich, mehr als die Hälfte hatte stehen lassen. »Hunger!«, stieß sie wütend hervor, grapschte sich hastig die obere Zahnprothese von der Kommode, steckte sie falsch herum in den Mund, riss sie wieder heraus, nuschelte wild: »Ich bin panisch gierig«, fast unverständlich, mit rollenden Augen. Im Vorüberhumpeln riss sie einen Keks an sich, stopfte, mümmelte, brachte nichts davon herunter, verschluckte sich und würgte in einem scheußlichen Hustenanfall alles wieder heraus, verlangte keuchend nach der anderen Hälfte der Prothese und schob einen Schokokeks nach. Dann erst bemerkte Mamachen – Thea stand starr, hatte reglos vor Entsetzen noch nicht eingegriffen –, dass sie die obere mit der unteren Gebisshälfte verwechselt hatte. Geschwind klaubte sie mit der einen Hand Schokoladen- und Plätzchenbrei, mit der anderen die Prothese aus dem Mund, an der die Pampe klebte, reichte Thea das Teil und forderte herrisch: »Dispose of that!«

Als Thea, hilflos überrumpelt und angewidert, nicht sogleich reagierte, schmierte Mamachen die Zahnprothese eilig an der Bettdecke ab. All das vollzog sich mit affenartiger Geschwindigkeit, in geradezu fieberhafter Eile, Mamachen mit wild aufgerissenen Augen, wie von Dämonen besessen, gehetzt, dachte Thea, als hinge

185

Tod oder Leben von einem Bissen Keks ab. Dann war der Anfall vorüber, ebenso plötzlich, wie er gekommen war. Mamachen, zurück im Bett, krümmte sich und brach in Tränen aus.

»Ich verstehe gar nicht, was mit mir los ist«, flüsterte sie. »Ich bin so schrecklich nervös.«

»Darf ich ein paar Seiten lesen?«, fragte sie Thea unterwürfig, »um mich abzulenken?«

»Aber natürlich.«

»Ich hab so Angst«, sagte Mamachen.

Ihre Stimme, früher voll, tief und wohlklingend, war zu einem dünnen körperlosen Flüstern geworden; man konnte förmlich mitfühlen, wie dieses Stimmchen sich unter den gebrochenen Rippen wegduckte, um Schmerzen zu vermeiden.

Thea, schreckensstarr nach diesem Auftritt, fragte nicht: Vor was hast du Angst? Sie hat Angst vor dem Sterben, dachte sie, was soll man da sagen, außerstande, ein Gespräch zu beginnen. Mamachen behielt die Nachttischlampe an und das Gebiss im Mund, nachdem Thea es sorgfältig gereinigt hatte. Sie bezweifelte, dass ihre Mutter tatsächlich las. Nach einer halben Stunde, hellwach auf dem Sofa nebenan, hörte sie durch die einen Spalt weit geöffnete Tür Mamachens Atemzüge lauter und länger werden und dann das Buch zu Boden fallen. Sie trat leise an das Bett ihrer Mutter und knipste das Licht aus. Vielleicht zwei Stunden später, als sie gerade wieder in einen flachen Schlaf gefallen war, wurde sie erneut davon geweckt, dass Mamachen sich allein auf den Weg zum Klo gemacht hatte. Sie war schon auf dem Rückweg, an den Möbeln entlangrumpelnd, als Thea vom Sofa hochsprang und zu ihr herüberschoss.

»Du sollst doch nicht!«, fauchte sie ihre Mutter an. »Verdammt, willst du noch mal fallen!«

»Ich muss doch lernen, alles wieder allein zu schaffen!«, nuschelte Mamachen verbissen. Es war Thea ein Rätsel, wie sie in ihrem Zustand die sechs Meter zur Toilette allein zurückgelegt hatte.

»Kannst du mir eine Bananenmilch machen? Mit Honig?«

»Mitten in der Nacht?« Thea musste sich zusammenreißen, um ihre Empörung nicht laut herauszuschreien.

»Ich hab gedacht, du freust dich, wenn ich Appetit habe.«

Als Frau Borodcziej sie um acht Uhr morgens ablöste, war Thea wie gerädert, am Ende ihrer Kräfte, wollte nur noch schlafen. In einem Zustand der Unwirklichkeit, als sei sie ein Gast aus einer anderen Welt, war sie nach Hause gefahren. Auf dem kurzen Weg zwischen Parkplatz und Haustür wäre sie beinahe von einem Rad umgenietet worden, weil sie nicht nach rechts und links schaute; die Fahrerin kam singend angeradelt, hielt kurz inne, strahlte Thea an, umfuhr sie in einem scharfen Bogen und radelte singend weiter, während die mitten auf dem Radweg stand und ihr mit leerem Blick nachsah. Es lag Frühling in der Luft.

Ihr schien, sie sei eben erst eingeschlafen, als von weither das Telefon klingelte. »Mutter will telefonieren«, flüsterte Frau B. mit gepresster Stimme, »Mutter sagt, sehr wichtig!« Anschließend schien sie das Telefon an

Mamachens Mund zu halten, doch Thea vernahm nur ein unverständliches Gelalle, als hätte Mamachen einen monströsen Teigklumpen im Hals, den sie abwechselnd herunterzuschlucken oder herauszuwürgen versuchte, vergeblich. Sie verstand nicht eine Silbe von dem, was ihre Mutter ihr zu sagen versuchte. Es klang beschwörend, und Thea spürte, wie sich ihr die Härchen im Nacken aufrichteten.

»Dr. Rackermann anrufen! Schnell!«, rief sie Frau B. zu, während ihr Tränen in die Augen schossen. Sie durfte damit jetzt selbst keine Sekunde verlieren, sie sprang in die noch herumliegenden Kleider, raste die Treppen hinunter, stellte am Auto fest, dass sie die Autoschlüssel oben vergessen hatte, rannte wieder hoch. Ihr fiel ein, dass Dr. Rackermann in Urlaub war, aber Dr. Willig, der Vertreter, würde sicher ebenso schnell kommen. Es war Rushhour. Alle Ampeln standen auf Rot.

Als sie an Mamachens Bett stand, war die bereits tot. Warum hatte sie nicht noch die kleine Viertelstunde auf Thea warten können.

24.

Im Bistro

Lisa bestellte »Sex on the Beach«, einen Cocktail aus Maracuja- und Ananassaft, Grenadine, weißem Rum, Malibu, Sahne und grünem Bananenlikör. Thea bestellte Pfefferminztee, marokkanische Nanaminze, biologischer Anbau. Lisa hatte darum gebeten, sich vor dem Literaturkreis noch kurz mit ihr im Bistro zu treffen; sie brauche Theas Rat. »Wulf-Dieter«, sagte sie dringlich, mit Verschwörermiene, »du kannst dir schon denken, dass es um Wulf-Dieter geht.«

Während sie eine bedeutungsvolle Pause einlegte, drangen Gesprächsfetzen vom Nebentisch an Theas Ohr. Da redeten mit großem Eifer und ebensolcher Lautstärke zwei ältere Paare, die umfängliche Tortenstücke bearbeiteten und aussahen wie Kleingartenpächter. Warum musste sie ausgerechnet an Kleingärten denken? Quadratische Hände? Grobe rosige Gesichter? Blusen mit Blumenornamenten? Thea hatte Mühe, sich auf Lisa zu konzentrieren. Es war einfach zu viel geschehen in letzter Zeit.

Nach seinem Tod wollten die ans Geld ran und hatten festgestellt, da war nichts mehr. Das Haus auch schon weg. Mit den Eltern hat er sich überworfen, da darf er gar nicht mehr hin. Dabei hat der doch zweifach studiert.

Die? Die macht so in Restaurierung von alten Möbeln, da kriegste doch nichts für. Die Werkstatt in der Garage.

»Wulf-Dieter will unbedingt mit mir zusammenziehen«, verkündete jetzt Lisa dramatisch.

Hinrich hatte ihr geschrieben. Sie hatte den Brief heute Mittag im Kasten gefunden. Er war ihr zuvorgekommen, sein Brief war einen Tag früher datiert als der ihre.

Lass mal dein Handy gucken, sagte am Nebentisch die dickere der beiden dicken Frauen zu der anderen etwas weniger dicken. Auch so ein Seniorendings. Haste Wodafohn? Nee, Tiemobeil. Wir haben so ein Partner-Fohn, da kriegste alle zwei Jahre ein neues. Ich versteh da ja nichts von, ich verlass mich immer auf Karl, was der aussucht.

»Und was willst du?«, fragte Thea brav. Sie überlegte, ob sie Lisa von Hinrichs Brief erzählen sollte, den sie in der Handtasche bei sich trug, aber bisher wusste Lisa nicht einmal von den Bestimmungen des Testaments und somit auch nichts Gewisses über Hinrichs Existenz. Natürlich würde sie ihr davon erzählen, die Frage war nur, ob hier und jetzt. Im Literaturkreis würde sie bestimmt nicht davon anfangen.

Stattdessen machte sie eine komische Bemerkung über ihre zunehmende Zerstreutheit, während Lisa darauf wartete, dass die Kellnerin die Getränke bei ihnen absetzte und wieder ging.

»Ich weiß nicht«, sagte Lisa.

Fehlleistung war ein beschönigender Ausdruck für die Tatsache, dass zum Beispiel heute von Mittag an die Gasflamme auf Theas Herd gebrannt und sie es erst eben bemerkt hatte, als sie vor dem Aufbruch ihre Teetasse in den Küchenausguss setzte.

Die Marianne sieht jetzt gar nicht mehr aus wie Marianne, sagte am Nebentisch die etwas weniger dicke der beiden Frauen. Die hat sich liften lassen. Ganz fremd irgendwie. Schlanker natürlich, schadet ja nichts. Aber so künstlich im Gesicht. Die sieht sich überhaupt nicht mehr ähnlich.

»Ich mag Wulf-Dieter wirklich«, erklärte Lisa feierlich, »es macht Laune, dass man so viel mit ihm unternehmen kann. Aber ich weiß nicht, ob es im Alltag trägt.«

Vielleicht würde Tai Ginseng helfen oder irgendein anderes pflanzliches Produkt aus der Apotheke. Die warben doch immer im Fernsehen für so was. Das heißt, dass ich jetzt richtig alt werde, dachte Thea. Gestern hatte sie nach dem Einkaufen über eine Stunde lang im Parkhaus am Marktplatz ihr Auto gesucht.

Dienstag haben wir Nachbarschaftskaffeetrinken. Da sind wir zurück vom Kegeln und Mittwoch schon wieder auf Rosis Geburtstag. Da müssen wir hin. Ich sag mal so: Man muss ja nicht lang bleiben.

Thea watete wie durch brackiges Wasser, wirre Bilder, unbestimmte Gefühle und unklare Gedanken, anhaltende Kopfschmerzen. Sie wusste nicht, ob sie Hinrich begegnen wollte. Sie konnte doch nicht schon wieder zu ihrer Hausärztin laufen. Wirklichkeitsverlust, würde sie ihr berichten. Seit dem Tod meiner Mama, in den letzten Tagen besonders, schwimme ich nur irgendwie durch die Tage. Sehe alles wie mit grauem Star. Nebelbänke. Nein,

meine Augen sind in Ordnung. Das Gespräch am Nebentisch schien genauso durcheinander und gegenwärtig wie
das, was Lisa ihr erzählte. Oder umgekehrt: Was Lisa ihr
erzählte, war genauso weit weg, so beliebig und ungefähr
wie das, was sie nebenan sagten.

Liebe Thea, hatte Hinrich geschrieben – nur von Mamachen konnte er wissen, dass sie nicht Thekla genannt
werden wollte –, ich glaube, ich bin dir eine Erklärung
schuldig. Und ob!, dachte Thea. Dieser Satz hatte sie mit
Befriedigung erfüllt. Sie hatte ihn gesiezt; er hatte sie einfach geduzt.

PIN und PUK, erklärte der ältere Mann, der ihr den
Rücken zuwandte. Dreimal die falsche PIN, dann will es
deine PUK, wenn du die nicht mehr weißt, ist Feierabend
und weg mit dem Handy.

»Ich zweifle, ob uns Alltagsnähe so gut bekommt«,
sagte Lisa. »Herumliegende Socken, du weißt schon, und
womöglich erwartet er dann, dass ich jeden Tag koche
oder seine Hemden bügele.«

»Das kann man doch vorher besprechen«, meinte
Thea, schwebend. Hinrich wollte Anfang Juni an einer
internationalen Fachtagung in Hamburg teilnehmen. Er
fragte an, ob er sie vorher oder, besser noch, im Anschluss
daran besuchen könne.

»Man hat doch seine Lebensgewohnheiten«, sagte
Lisa. »Und wenn er dann älter wird und krank? Er ist
jetzt schon nicht ganz gesund und acht Jahre älter als
ich.«

Der hört nicht mehr gut, sagte der bärtige Mann nebenan.

Hatte er wieder nicht drin?

Nee, der kommt damit einfach nicht zurecht.

Thea versuchte, sich an Hinrich auf Mamachens Trauerfeier zu erinnern. Wie er aussah. Hinrich hatte einen Bart, so viel wusste sie noch, er war groß und breitschultrig. Sein Gesicht fiel ihr nicht ein und auch sonst nichts mehr, außer seinem festen Händedruck.

Der geht jetzt ohne Stock, nach der Hüftoperation, sagte die dickere Frau. Die Hose geht nicht mehr zu. Die klemmt. Ich sag: Kauf dir doch was Neues. Der muss doch jetzt mit achtzig nicht mehr abnehmen.

»›Wir lassen alles beim Alten!‹, hab ich Wulf-Dieter gesagt«, meinte Lisa triumphierend.

Ich hab zu Karl gesagt: Der Horst will nicht mit zu Rosi. Der sagt: Mach du man. Der wollte lieber noch bisschen Biathlon gucken.

Was, der raucht immer noch?

Horst oder Karl?

Ich kenne ihn ja überhaupt nicht, er ist ein Fremder, obwohl wir dieselbe Mutter haben. Der Gedanke machte Thea schwindelig.

»Und wie sieht es bei dir so aus? Was ist mit der Wohnung?«, fragte Lisa jetzt tatsächlich noch. Thea zuckte zusammen, schüttelte den Kopf.

»Ich glaube, wir müssen. Zum Glück wieder Vorlesen heute. Bei Irmela gibt's sicher nur Bio-Öko-Futter. Zahlen!«

Die vier nebenan bestellten noch einmal. Die etwas weniger dicke Frau erklärte: Das darf ich nicht, mit meinem hohen Zucker. Ich sag mal so, manche sind nicht so genau, die spritzen einfach. Die Rosi macht das schon seit Jahren, isst, was sie will, und einfach spritzen.

»Du siehst es also auch eher wie ich?«, fragte Lisa.

»Unbedingt«, sagte Thea. Sie schloss die Augen und öffnete sie wieder. Ihr blieb gar keine Wahl, natürlich musste sie Hinrich treffen. Sonst würde sie nie wieder Ruhe finden.

Wo sie recht hat, hat sie recht, meinte die dickere Frau befriedigt.

Kuchen und alles andere, immer spritzen – aber dann, irgendwann!, sagte der bärtige Mann und sah bedeutungsschwer zu Thea herüber, die hilflos nickte. Irgendwann passiert es dann.

Hinrichs Tagung in Hamburg sollte in drei Wochen stattfinden.

25.

Liebe Thea

»*Liebe Thea*«, stand da in Mamachens Schrift, »Liebe Thea«.

Das Datum »Anfang Januar«, die Schrift begann links mit gewaltigen Lettern und grandiosen Schlaufen und verkleinerte sich nach rechts zu den Zeilenenden hin, die nach unten absackten, fahrig, unruhig. »Während ich diesen Brief schreibe, hoffe ich noch, dass er eigentlich überflüssig ist, dass sich noch eine Gelegenheit ergibt, mit dir über die Dinge zu reden. Doch mir scheint, dass uns das Reden schwerfällt, seit ich krank bin, und wer weiß, ob ich wieder gesund werde. Deswegen schreibe ich dir lieber jetzt noch, im Krankenhaus.«

Thea überlegte fieberhaft. Mamachen war zwischen Weihnachten und Neujahr mit Lungenentzündung eingeliefert worden.

»Liebe Thea, ich würde so gern Thekla sagen, es ist doch ein so schöner origineller Name, aber ich will dich nicht brüskieren. Ich weiß, dass ich keine besonders gute Mutter war. Ich weiß auch, dass die schweren Zeiten keine Entschuldigung sind, obwohl ich dich zu bedenken bitte, dass ich, ganz auf mich allein gestellt, immer um unseren Lebensunterhalt kämpfen musste. Ich habe viel falsch gemacht im Leben. Ich war zu oft mit mir selbst befasst und habe dir in deiner Kindheit und Jugend ein Leben zugemutet, das dich überfordert hat. Dafür bitte ich um Verzeihung. Doch darüber will ich gar nicht schreiben. Ich bin in diesen Tagen immer so müde. Vielleicht geht es besser, wenn sie mir den Kaffee gebracht haben, obwohl der hier eine veritable Lorke ist.«

Gestern Abend, als Thea vom Treffen bei Irmela zurückkehrte, erschöpft und mit diesem grauen Durcheinander im Kopf, das mit dem Geplauder der Literaturkreisdamen nur weiter aufgequollen war, wurde sie von der säuselnden Stimme einer fremden Frau auf dem Anrufbeantworter begrüßt: »Hier Antiquitäten Ludwig – Herr Gebhardt Ludwig bittet Sie dringend um Rückruf.« Thea wunderte sich; es war doch alles klar mit dem Verkauf der Möbel, die vereinbarte Summe war schon seit ein paar Tagen ihrem Konto gutgeschrieben. Als die Sekretärin Thea vorhin zum Juniorchef Ludwig durchgestellt hatte, räusperte der sich erst einmal bedeutungsvoll.

»Sie wussten vermutlich nicht, dass Ihr Sekretär ein Geheimfach hat?« Eine Besonderheit, die ihm bei viktorianischen Möbeln dieser Bauart erst einmal zuvor begegnet sei, nicht leicht zu finden, eine versteckte, nur zwei Zentimeter hohe Schiebelade zwischen Schreibplatte und Aufsatz, mittels einer gut verborgenen Feder im mittleren der drei Brieffächer des Innenlebens zu öffnen. Er sprach feierlich, mit weihevoller Stimme, und Thea spürte, dass er jetzt Bewunderung von ihr erwartete, eine verbale Verbeugung vor seiner profunden Kenntnis alter englischer Stilmöbel im Allgemeinen, viktorianischer

Mahagonisekretäre im Besonderen. Nein, davon habe sie nichts gewusst, sagte sie nur, und ihre Mutter wohl auch nicht, denn sie habe dergleichen nie erwähnt. Herr Ludwig hatte aber nicht nur angerufen, um bewundert zu werden, und natürlich auch nicht, um in Anbetracht dieser zusätzlichen Attraktion von Mamachens Sekretär die ursprüngliche Kaufsumme aufzustocken, sondern weil er in diesem Geheimfach einen an Thea adressierten Brief gefunden hatte.

»Ich bin müde und ich werde immer müder«, schrieb Mamachen, »doch ich will das aufschreiben, bevor ich aus dem Krankenhaus entlassen werde. Wer weiß, wie lange ich noch lebe. Wer weiß, ob ich noch mal die Kraft finde, mit dir zu reden. Ich habe in meinem langen Leben zu viel Wichtiges viel zu lange aufgeschoben.«

Thea musste schlucken. Plötzlich sah sie Mamachen vor sich, sah sie seit langer Zeit zum ersten Mal wieder, wie sie im Krankenhausbett mit dem hochgeklappten Kopfteil, Kissen in den Rücken gestopft, mit Block und Kuli kämpfte, während ihr die Augen zufallen wollten. Aber ich war doch jeden Tag mehrere Stunden bei dir, warum hast du nicht einfach was gesagt!

»Ich habe viele Fehler gemacht. Der schlimmste war, dass ich dir irgendwann in der Pubertät weisgemacht habe, dein Vater sei nicht Otmar, mein erster Mann, sondern Rupert, für den ich ihn verließ.«

Wie bitte? Das darf doch nicht dein Ernst sein, Mamachen! Theas Finger begannen zu zittern.

»Damals fingst du an, mich mit Fragen über die Vergangenheit zu bombardieren. Du wolltest Otmar schreiben,

197

ihn besuchen. Erst als ich dir erzählte, dass du Ruperts Tochter seiest, hast du Ruhe gegeben. So steht es zwar in deiner Geburtsurkunde, aber es ist eben nicht die Wahrheit. Ich wollte dir später, wenn du erwachsen wärest, einmal alles richtig erklären. Die Wahrheit – du hättest sie nicht verstanden – war, dass ich deinen Vater sozusagen ohne Not verlassen habe. Ich war schon in Rupert verliebt, als ich von Otmar schwanger wurde; er hat mich genötigt, mit ihm zu schlafen, um mich zu halten – eine unschöne Geschichte, Schwamm drüber. Für mich Grund genug, alle bürgerlichen Sicherheiten in den Wind zu schlagen. Ein Leben lang habe ich mich dir gegenüber deswegen schuldig gefühlt – schlimmer noch als Hinrich gegenüber, den ich bei Otmar zurücklassen musste.«

Thea schloss die Augen und atmete schwer. Immer neue Lügen. Nahm das denn gar kein Ende!

»Otmar hat mich nicht etwa rausgeworfen. Er wäre sogar bereit gewesen, mir den, wie er sich ausdrückte ›eigentlich unverzeihlichen Fehltritt‹ zu verzeihen, diese Sprache verrät seinen Charakter. Er sei sogar bereit, das Kind dieses Fehltritts als seines anzuerkennen – unter der Bedingung, dass ich ihm schwören würde, Rupert nie wiederzusehen.«

»Soll ich Ihnen den Brief eingeschrieben zusenden?«, hatte Herr Gebhardt Ludwig pompös gefragt. Thea verneinte dankend, schwang sich aber, sehr aufgeregt, unverzüglich ins Auto, um den weißen Din-A 5-Umschlag mit dem Krankenhausaufdruck persönlich im Antiquitätengeschäft Ernst-Peter Ludwig & Sohn abzuholen. »An meine Tochter Thea« hatte Mamachen adressiert; später hatte sie mit zittriger Hand und anderem Stift noch ein »Zirbel, geborene Mackrodt« hinzugefügt.

»Otmar hat mir sehr übel genommen, dass ich nicht dankbar akzeptierte, was er für ein großherziges Angebot hielt. Ich aber wollte weg, nur weg. Es war eine ziemlich schmutzige, denkbar scheußliche Trennung. Nie hätte er auf dich verzichtet, hätte ich nicht behauptet, du seist Ruperts Kind. Dass ich ihm den damals zweijährigen Hinrich überlassen musste, war unter diesen Umständen unabwendbar. Ich wollte dich, verstehst du? Ich wollte nicht beide Kinder verlieren! Otmar drohte mir mit einem vernichtenden Scheidungsprozess, wenn ich nicht einwilligen würde, fortan jeden Kontakt zu Hinrich aufzugeben. Auch werde er zu verhindern wissen, dass ich an irgendeiner deutschen Bühne je wieder eine Rolle bekäme. Das war seine Rache. Er war sehr einflussreich, hatte überallhin Beziehungen, und ich musste diese Drohungen sehr ernst nehmen, zumal ich vollkommen mittellos war, als ich ihn verließ, schwanger mit dir, und Rupert keine große Hilfe, da er zu diesem Zeitpunkt selbst ohne Engagement und noch nicht geschieden war, mit Unterhaltsverpflichtungen gegenüber seiner Frau und zwei halbwüchsigen Kindern. Also akzeptierte ich Otmars Bedingungen: Mich unserem – seinem, wie er sagte – Sohn nie wieder zu nähern. Otmar heiratete kurz nach der Scheidung wieder, Hilde war die brave deutsche Hausfrau, die er sich immer gewünscht hatte, und ich bin überzeugt, sie war auch eine gute Mutter für Hinrich, sicher eine bessere, als ich es für dich war. Sie bekamen noch zwei Töchter, mit denen Hinrich aufwuchs.«

Mit immer neuen Lebenslügen die früheren zudecken. Thea konnte einen Augenblick lang nicht weiterlesen. Sie war also so eine Art Faustpfand bei Mamachens egoistischem Befreiungsversuch gewesen.

»Ich habe nur einmal gewagt, gegen den Kontrakt mit Otmar zu verstoßen, weniger, weil ich mich durch die erpresste Unterschrift verpflichtet fühlte, als weil ich Hinrich nicht schaden wollte. Ich war sicher, Otmar würde ihm grauenhafte Dinge über mich erzählen, sobald ich versuchte, Kontakt aufzunehmen, und das wollte ich, solange er ein Kind war, nicht riskieren. Hilde hatte Mitleid mit mir. Sie berichtete mir manchmal, in großen zeitlichen Abständen, brieflich über ihn – hinter Otmars Rücken, er hätte ihr die Hölle heiß gemacht, wenn er davon erfahren hätte. Von ihr wusste ich auch, wann Hinrich konfirmiert wurde, und zu diesem Anlass bin ich heimlich angereist, habe mich mit der Menschenmenge in die Kirche geschlichen, verkleidet mit einem Schleierhütchen, hinten in der letzten Bank. Es war eine schreckliche Erfahrung.

Nach Otmars Tod hat Hilde dann endlich Hinrich die Wahrheit gesagt, doch was danach kam, war für mich noch viel trauriger als die Trennung zuvor. Er hat mir alles schrecklich übel genommen, die Fremdheit ließ sich nicht überwinden. Mehr will ich dazu nicht sagen, soll er dir selbst davon erzählen, wenn er mag. Ich will jetzt auch nicht weiterschreiben, ich bin zu müde. Alles, was mit diesen alten Dingen zusammenhängt, macht mich noch viel müder. Erst in den letzten Jahren sind Hinrich und ich einander nähergekommen, Gott sei Dank. Da wollte ich dir immer von ihm erzählen, aber ich habe mich vor deiner Reaktion gefürchtet. Ich hatte solche Angst, dass du noch verletzter und wütender sein würdest als er damals, und ich wollte dich nicht verlieren.

Ich denke immer noch, dass ich damals nicht anders entscheiden konnte. Von heute aus ist es leicht zu sagen, dass ich einfach bei Otmar hätte bleiben sollen. Dann wärest du in einer richtigen Familie aufgewachsen, wie du es dir immer wünschtest. Doch Rupert war mein Schicksal ...«

Mamachens Pathos!, dachte Thea.

»Allerdings hätte ich es auch ohne die Begegnung mit ihm in dieser Ehe, selbst mit viel Anstrengung und gutem Willen, wohl nicht mehr lange aushalten können. Ganz gewiss hätte mich Otmar im Alltag für den sogenannten Fehltritt büßen lassen – möglicherweise auch dich, das wäre noch schlimmer gewesen. Für mich war, was ich tat, richtig, auch wenn ich dafür einen hohen Preis zahlen musste und mir nur ein knappes Jahr mit Rupert vergönnt war. Doch dir hat dieser Schritt eine schwierige Kindheit und Jugend beschert und die Last, die einzige Tochter einer ziemlich schwierigen Mutter zu sein. Das tut mir unendlich leid.«

Thea weinte. Sie empfand Mamachens Müdigkeit, ihre traurige Erschöpfung beim Schreiben dieser Zeilen, auf einmal selbst ganz körperlich. Während sie von heftigen Schluchzern geschüttelt wurde, wusste sie plötzlich nicht mehr so genau, ob sie um sich als Kind weinte oder weil ihre Mutter ihr plötzlich sehr leid tat. Sie hätte sie gern noch einmal in den Arm genommen.

26.

Hinrich

Der Erdhügel über Mamachens Grab hatte sich inzwischen leicht gesenkt. Er war im Frühjahr von der Friedhofsgärtnerei mit blauen und gelben Stiefmütterchen bepflanzt worden, die ihre beste Zeit merklich hinter sich hatten. Gemeinsam bugsierten sie einen schweren Keramikkübel in die Mitte.

»Hortensien mochte sie«, verkündete Thea, »besonders die blauen.«

»Ich glaube, unsere Mutter war eine sehr einsame Frau«, sagte Hinrich.

Sie musterte ihn verstohlen von der Seite; sie musste ihn einfach immer wieder anschauen. Er war größer und schlanker, als sie es von der Beerdigung her erinnerte, vielleicht hatte der schwere schwarze Mantel, den er damals trug, ihn breitschultriger wirken lassen. In diesen Tagen lief er in für ihren Geschmack etwas zu bunten Hemden und ein wenig ausgeleierten Cordjeans herum. Er ging leicht nach vorne geneigt, auch das war ihr im Februar nicht aufgefallen, nur ein klein wenig, und er hatte für sein Alter noch reichlich graues gekrautes Haar, das er manchmal, zerstreut, mit genau der gleichen Handbewegung zerzauste wie sie selbst, wie ihre Mutter. Johanna, die Wahnsinnige. Diese winzige Ähnlichkeit hatte Thea schon während der ersten halben Stunde registriert, mit fast so etwas wie Rührung, während sie sich noch als Fremde im Café gegenübersaßen. Seine kurzsichtigen Augen hinter den Brillengläsern, ein fast randloses Gestell, fand sie klug und freundlich. An den Bart musste sie sich erst gewöhnen. Ein Henri-Quatre-Bart, belehrte er sie grinsend, ein kurzes Bärtchen über der Oberlippe, das um die Mundwinkel herum in einen nicht zu langen, durchaus gepflegten Kinnbart überging, grau in grau. Eigentlich mochte sie keine Bartträger. Er hatte Mamachens schöne Hände mit den langen Fingern, breite Fingernägel – Pianistenhände, hätte Mamachen wohlgefällig bemerkt. Er lachte oft, manchmal vielleicht etwas zu laut. Dieser Mann also war ihr zwei Jahre älterer Bruder.

Blaue Hortensien. Wir sollten die Stiefmütterchen rausrupfen und Sommerblumen pflanzen. Morgen, dachte sie. Solange er noch da ist. Es war so viel einfacher mit ihm, als sie geglaubt hatte.

»Warum bist du auf der Beerdigung gleich wieder verschwunden?«

»Ich merkte sofort, dass du keine Ahnung hattest, wer ich war. Nicht der beste Zeitpunkt, dich aufzuklären. Ich dachte, ich müsste dir Zeit lassen.«

Thea sah ihn und sich von außen, wie sie nebeneinander am Grab standen. Sein Besuch hatte Mamachen ein Stück weit in die Ferne gerückt, obwohl sie pausenlos von ihr redeten. Zugleich wurde ihr Bild wieder vertrauter, näherte sich wieder dem an, das Thea vor ihrem Tod gehabt hatte. Vor ihrer finalen Krankheit. Vor dem

Schlaganfall. Bevor die Ereignisse der letzten Wochen es ständig neu zerrüttelt und verwischt und bis zur Unkenntlichkeit entstellt hatten. Tatsächlich stellte sich in ihrem Kopf das alte Bild von Mamachen wieder her, von dem sie jetzt wusste, wie unzulänglich es war.

»Wie hast du überhaupt von ihrem Tod erfahren?«, fiel ihr plötzlich ein.

»Die polnische Pflegerin«, erwiderte Hinrich. »Unsere Mutter hat mich noch wenige Tage vor ihrem Tod angerufen. Sie sagte, sie habe Frau B. instruiert, für den Fall der Fälle. Ihre Worte. Sie wusste, dass wir uns nicht wiedersehen würden.«

Anfang Juni. Ein bisschen kühler, als Thea es sich gewünscht hatte, aber sonnig. Von ihrem Fenstertisch im Café Heitmann aus konnten sie in den Park hinausschauen, wo die Beete in verschiedenen Blau- und Rosatönen schwammen, Salbei und Pfingstrosen, die schönste Blütezeit des Frühsommers, dachte sie und spürte einen unwillkürlichen kleinen inneren Freudenhüpfer.

»Ich finde, ich habe ebenso viel Grund, wütend auf dich zu sein wie du auf mich. Oder neidisch«, sagte Hinrich, es klang amüsiert. »Und ich war jahrzehntelang genauso wütend auf unsere Mutter, wie du es jetzt auf mich bist.«

»Ich bin gar nicht wütend auf dich«, widersprach sie. Jedenfalls war sie es jetzt nicht mehr. Er nahm ihr den Wind aus den Segeln. »Allerdings hast du fünfzig Jahre länger von mir gewusst als ich von dir – warum habt ihr es, verdammt noch mal, nicht für nötig gehalten, mir die Wahrheit zu sagen, in all dieser Zeit?«

»Darauf gibt es keine einfache Antwort«, meinte er, »wir sollten uns ein bisschen Zeit nehmen.«

Sie nahmen sich Zeit. Hinrich blieb dreieinhalb Tage, und das war gut so. Natürlich hatte er angeboten, im Hotel zu wohnen, doch davon wollte Thea nichts mehr wissen, nachdem Mamachens Brief im Geheimfach des Sekretärs aufgetaucht war. Der hatte auf wundersame Weise die Nebel in ihrem Kopf gelichtet, sie fühlte sich wie verwandelt, von neuem Elan belebt, und auf einmal konnte es ihr gar nicht schnell genug gehen mit Hinrichs Besuch. In einem Tempo, das sie selbst verblüffte, hatte sie das ehemalige Zimmer von Jochen, das seit dessen Tod unverändert vor sich hin dämmerte, das sie seit Jahren nur zum Putzen betrat, zu einem passablen, sogar zu einem wirklich freundlichen Gästezimmer umgestaltet. Sie hatte noch einmal zwei Tage mit dem Befüllen von Altkleidersäcken und weitere zwei Tage mit dem Ausräumen von Jochens Bücherregalen verbracht, sie war jetzt richtig in Übung, stellte sie fest, dann kurzerhand noch einmal die Leute vom Jugendhilfeprojekt bemüht, die den schweren dunklen Kleiderschrank, das alte Bett und die beiden hässlichen Aktenregale abholten und die zahlreichen Kartons mit dem Altpapier und den ungeliebten Büchern für sie entsorgten. Elfriede hatte ihr die Telefonnummer des Mannes gegeben, der für sie die Einliegerwohnung der Schwiegermutter renoviert hatte, schwarz, preiswert und vor allem schnell. Fünf Tage, bevor Hinrich anreiste, wurde das neue Gästebett angeliefert und im frisch gestrichenen Zimmer aufgestellt.

Was für ein wunderbar helles, großes Zimmer!, dachte

Thea. Es schien nach Frühling zu duften. Es ist sogar schöner als meines, und ich habe es all diese Jahre nicht genutzt!

Nachdem die räumlichen Vorkehrungen getroffen waren, startete sie eine Einkaufstour. Sie konnte sich gar nicht erinnern, wann sie sich zum letzten Mal neu in großem Stil eingekleidet hatte. Vermutlich vor der Reise nach Teneriffa, die mit Mamachens Schlaganfall endete. Sie erwarb einen lindgrünen Hosenanzug, sehr gewagte Farbe, ein hinreißendes schwarz-weiß gemustertes Sommerkleid, tailliert, mit passender Jacke, eine cremefarbene Leinenhose, zwei Blusen und zwei T-Shirts, und zu ihrem Erstaunen machte das Aussuchen und Anprobieren ihr sogar Spaß. »Lach mich nicht aus«, erklärte sie der schmunzelnden Norgard, als sie ihr die neu erworbenen Teile vorführte, »ich weiß, dass ich mich benehme wie verliebt. Dabei ist dieser aus dem Nichts aufgetauchte Bruder womöglich ein Widerling.« Am Tag vor Hinrichs Ankunft ging sie zum Friseur. Sie ließ sich sogar einen Termin bei der Kosmetikerin geben, zum ersten Mal in ihrem Leben.

Wie verblüffend, dass sie ihn am Bahnhof sofort wiedererkannte, als er, leicht vorgeneigt, mit seinem schwarzen Rollkoffer im Schlepptau, eine Regenjacke über den Arm gelegt, auf den Blumenpavillon zusteuerte, wo sie verabredet waren. Er schien ihr lockerer, als sie sich fühlte. Sie schlug vor, erst einmal einen Kaffee zu trinken, an einem neutralen Ort. Es war dann aber überhaupt nicht schwierig, miteinander ins Gespräch zu kommen, sie waren sofort mittendrin, und das Du ging Thea problemlos über die Lippen.

»Du und ich, wir haben ganz unterschiedliche Stücke des Puzzles«, sagte Hinrich, »aber natürlich verfügst du über viel mehr Teile als ich, weil du so lange in Mutters Nähe gelebt hast.«

»Dafür weiß ich nichts von unserem Vater. War er wirklich so kleinkariert, so ein Korinthenkacker, wie sie behauptete?«

Hinrich dachte ein bisschen nach. »Sie war ungerecht ihm gegenüber, verständlicherweise. Es stimmt, dass er leicht kränkbar war und die Dinge in sich reinfraß. Er nahm das Leben nicht leicht, er war ernsthaft und grüblerisch, manchmal depressiv, sicher ein bisschen zwanghaft. Und er moralisierte gern.«

»Also wie ich«, sagte Thea traurig.

»Ich weiß nicht so genau, wie du bist – aber ist irgendwer genau wie jemand anders?«

»Warum musste sie unbedingt weg von ihm? Warum war ihr dieser Rupert so viel wichtiger als wir? War dein – unser – Vater wirklich so schrecklich, dass man es nicht mit ihm aushalten konnte?«

»Er wird unsere Mutter anfangs sehr bewundert haben – aber gleichzeitig muss sie ihm auch zutiefst fremd gewesen sein, mit ihrer hysterischen, extrovertierten Art.«

»Sie hat so viele Unwahrheiten und Lügen fabriziert im Laufe der Zeit. Ich möchte wissen, was wirklich schiefgelaufen ist zwischen den beiden.«

»Selbst wenn wir alle unsere Puzzleteilchen zusammengelegt haben, werden jede Menge Leerstellen bleiben. Es gibt eben nicht die eine Wahrheit, sondern nur seine Geschichte und ihre, und wahrscheinlich auf beiden Seiten nicht mal nur eine Version dieser Geschichte. War es nicht ihr gutes Recht, ein paar Geheimnisse mit ins Grab zu nehmen?«

»Nicht bloß Geheimnisse«, murrte Thea. »Lebenslügen, und immerhin haben die reichlich in mein Leben reingepfuscht.«

Auf den Fotos, die Hinrich mitgebracht hatte, erschien ihr Otmar entweder missvergnügt oder melancholisch. Männer auf alten Fotos mussten so gucken, behauptete Hinrich lachend, je ernster, desto männlicher, sie hätten sich sonst was vergeben. »Und hier hast du den Prinzen.« Er wies auf ein Foto, das ihn, etwa 10-jährig, in kurzen Hosen inmitten der Familie zeigte, breit grinsend, die Arme zugleich gönnerhaft und beschützend um die Schultern von Gerhild und Helga gelegt, seinen vier und sechs Jahre jüngeren Schwestern, richtiger Halbschwestern. Hinter den drei Kindern stehen Otmar und Hilde, Hilde stolz lächelnd, Otmar ein wenig selbstgefällig. Eine richtige Familie. Das Foto gab Thea noch mal einen Stich.

Hilde, erzählte Hinrich, war das Kindermädchen, das sein Vater – unser Vater, sagte er – eingestellt hatte, nachdem Amalie – Mamachen, übersetzte Thea für sich – die Familie verlassen hatte. Er selbst, damals knapp zwei Jahre alt, hatte keine bewusste Erinnerung an einen Verlust und die warmherzige, mütterliche Hilde immer geliebt. Seine kleinen Schwestern, keine Konkurrenz für ihn, himmelten ihn an. Trotzdem tat er sich in der Pubertät schwer mit sich selbst, geriet viel mit dem Vater aneinander. Erst nach dessen Krebstod – er stand kurz vor der Beendigung seines Medizinstudiums – hatte ihm Hilde die Wahrheit über seine Mutter gesagt. Eine Welt stürzte für ihn zusammen.

»Wie für mich damals, mit dreizehn, als unsere Mutter behauptete, Rupert sei mein Vater. Ich musste, anders als du, bis heute mit dieser Lüge leben.«

»Solche Enthüllungen sind immer schwer zu verkraften. Ist es nun problematischer, wenn man noch jung ist und ohnehin in heftigen Entwicklungsschüben? Oder später im Leben, wenn man erkennen muss, dass man sich die ganze Zeit ein falsches Bild von seinen Ursprüngen gemacht hat? Keine Ahnung. In jedem Fall wirbelt es die Identität gehörig durcheinander.«

Auch Hinrich war verwitwet.

»Seit wann?«

»Fünf Jahre.«

Bei Thea waren es jetzt schon sieben.

Er hatte an der Universität Toronto gelehrt, als Professor für Psychologie, in den letzten Jahren mit dem Arbeitsschwerpunkt Empathie – »findest du das nicht passend?« Er schüttelte sich vor Lachen, obwohl Thea nicht recht sehen konnte, was daran so komisch sein sollte. Jetzt, im Ruhestand, arbeitete er noch an einem Forschungsprojekt mit. Wie es ihn nach Kanada verschlagen hatte? Nach Abschluss seines Medizinstudiums in Deutschland hatte er ein Doktorandenstipendium in den USA bekommen; dort begann er nicht nur sein Zweitstudium, Psychologie, sondern er verliebte sich auch in Helen, seine spätere Frau, eine Kanadierin. Thea erzählte im Gegenzug manches von Jochen.

Die Tage von Hinrichs Besuch waren ein einziges langes Gespräch, und das Gespräch war ein einziger großer Fluss, der sie in wechselndem Tempo mit sich trug, mal langsam und gemächlich, mal hektisch, sich überstürzend, über Stromschnellen stolpernd, mal verspielt in kleinen Seitenbuchten plätschernd, zwischen Frühstückstisch und Abendtrunk, auf Spaziergängen in den Anlagen am Fluss, der lindgrüne Hosenanzug, beim Stadtbummel, in Cafés und Restaurants, das neue schwarz-weiße Sommerkleid, nur unterbrochen von Mittagsschläfchen und Nachtruhe. Zwischendurch, wenn sie müde wurden, verloren sie manchmal den Faden, die schiere Erschöpfung produzierte lustvolle Abschweifungen ins Belanglose. Hinrich redete gerne, witzelte viel, auch über sich selbst, war ein Geschichtenerzähler mit Sinn für Situationskomik und gute Pointen. Thea schmunzelte immer häufiger, lachte sogar ein paar Mal laut heraus und wunderte sich über sich selbst. Hatte sie überhaupt jemals gelacht, seit Jochens Tod? Sie konnte sich nicht erinnern.

Natürlich hatte Hinrich Mamachen sofort geschrieben, als seine Stiefmutter ihm von ihr erzählte, und natürlich hatte sie postwendend geantwortet – vermutlich mit der ihr eigenen Theatralik, ergänzte Thea bei sich. Auf beiden Seiten wuchs der glühende Wunsch, sich so schnell wie möglich zu treffen.

»Und?«

»Kannst du dir doch denken, dass es gründlich schiefging. Ich – ein ernsthafter junger Mann, mit einem zu diesem Zeitpunkt ganz konservativen Familienbild, gehemmt und verklemmt, noch ohne sexuelle Erfahrungen, ich glaubte, man müsste die erste Frau heiraten, die man richtig geküsst hat – ich erwartete eine tragische Mutterfigur – und dann rauscht diese exzentrische Frau auf mich zu und gibt die jugendliche Liebhaberin. Als sie mir zu erklären versuchte, warum sie unseren Vater verlassen hatte, beschwor sie gewaltige Operngefühle von Liebe und Leidenschaft und wirkte dabei auf mich genau wie das Klischee der Frau, die über ihren Affären ihre Kinder vergisst. Der denkbar größte Kontrast zur häuslichen Hilde, die sich stets für Mann und Kinder zurückgenommen hat. Unsere Mutter kam mir, als sie damals vom großen Coup de foudre sprach, von der Liebe als Schicksalsmacht, wie eine Kokotte vor, solche Begriffe geisterten noch durch meinen Wortschatz. So eine Mutter wollte und brauchte ich nicht, sie passte nicht in mein Universum. Innerlich ergriff ich ganz und gar Partei für meinen armen betrogenen, gerade erst gestorbenen Vater, obwohl der es seiner Umgebung zuletzt auch nicht gerade leicht gemacht hatte, ihn zu lieben.«

»Und was war mit mir? Warum wolltest du mich denn gar nicht kennenlernen?«

»Soweit ich wusste, warst du das Kind des Liebhabers. Ich glaube nicht, dass überhaupt viel von dir die Rede war bei dieser ersten Begegnung. Ich musste mit meinem eigenen Leben zurande kommen.«

Je mehr Mamachen um Hinrich warb, desto stärker fühlte er sich von ihr abgestoßen. Die Begegnung stürzte ihn in eine tiefe Krise. Er wollte sie nicht wiedersehen. Er kündigte seine Verlobung auf, paukte verbissen, mit Tunnelblick, für sein Examen und bewarb sich um das USA-Stipendium. Er wollte so weit weg wie möglich, am liebsten auf die andere Seite der Welt.

Am Nachmittag nach Hinrichs Ankunft saßen sie lange im Café, liefen dann ein paar Mal im Park im Kreis herum und gingen schließlich gemeinsam essen, zum Italiener, auf Theas Wunsch und Hinrichs Rechnung. Danach suchten sie ihre Wohnung auf, wo sie erst zu vorgerückter Stunde, nach einigen Gläschen Rotwein – »lieber Rotwein als tot sein!«, zitierte Thea animiert ihre Mutter und Hinrich lachte dröhnend Beifall – ans Schlafen dachten. Jeden Tag standen sie ein bisschen später auf, und jedes Mal waren sie, kaum dass sie sich ausgeruht zum Frühstück niederließen, wieder mitten im Gespräch, das sich weit in den Vormittag hinzog. Da bot es sich an, das Mittagessen auszulassen, stattdessen irgendwo einen Cappuccino zu nehmen, nachdem sie einen Waldspaziergang gemacht hatten oder während sie durch die Stadt bummelten. Sie besichtigten sogar das Schloss, das Thea Jahrzehnte nicht mehr von innen gesehen hatte. Sie fühlte sich wie im Urlaub in einer fremden Stadt. Juni und durchwachsenes, ein wenig kühles, aber immerhin trockenes Wetter, manchmal eine Prise Sonnenschein – vermutlich die Schafskälte. Am zweiten Abend kehrten sie in einem Thai-Restaurant ein, auf Hinrichs Wunsch und Theas Rechnung. Am letzten Tag kochten sie gemeinsam, nachdem sie morgens für ihr Essen eingekauft hatten; das Unternehmen zog sich über mehrere Stunden des Nachmittags hin und gestaltete sich ebenso chaotisch wie vergnüglich.

»Die Vettern stelle ich dir beim nächsten Mal vor –
vielleicht auch Norgard und Lisa«, versprach Thea, »die
Damen des Literaturkreises, um mit Mutter zu sprechen.«

»Beim übernächsten Mal«, korrigierte Hinrich, »das
nächste Mal bist du in Toronto.«

Fast zwei Jahrzehnte lang hatte er sich geweigert, Mamachen wiederzusehen, und keinen ihrer Briefe beant-
wortet. Heute schäme er sich dafür. Sie erfuhr nur über
Hilde von seiner Hochzeit und der Geburt seiner drei
Kinder: Dave, Heather und Sheila. Auch von ihnen
hatte er Fotos mitgebracht, die Thea neugierig betrachtete, auf einmal hatte sie nicht nur einen richtigen Bruder, sondern auch leibliche Neffen und Nichten, fremde
junge Erwachsene. »Nicht mehr ganz so jung«, sagte Hinrich, »lass mich rechnen: Dave ist jetzt 37 und lebt in Kalifornien, Informatiker, mit einer Chinesin verheiratet,
Pianistin, einen Sohn, Cheng, gerade stolze 8 Jahre alt
geworden. Heather, 35, Lehrerin in Burlington, Ontario,
zwei Kinder im Vorschulalter, Louise und Timothy. Sheila
ist 32, Physiotherapeutin, Lesbe, kinderlos und wohnt mit
ihrer Lebensgefährtin Lynn in Toronto. Sheila und Lynn
sehe ich am häufigsten.«

»Eine ganze Menge neuer Namen und Zahlen für das
alternde Gedächtnis«, witzelte Thea. Was für schwindel-
erregende kosmopolitische Perspektiven sich da mit einmal auftaten. Hinrich versprach, ihr das Ganze sauber als
Stammbaum aufzuzeichnen, und tat das auch, im nächsten Café auf einer hellblauen Serviette.

Es hatte noch einen weiteren, ebenfalls nicht sonderlich geglückten Kontaktversuch zwischen ihm und

Mamachen gegeben, während einer Dienstreise, bei der er mehrere deutsche Universitäten aufsuchen musste.

»Sie wollte mich unbedingt mit diesem exzentrischen jungen Mann bekannt machen, mit dem sie damals zusammen war ...«

»Kasi«, Thea verdrehte die Augen.

»Ja, so hieß er. Jünger als ich, gut aussehender, schwul wirkender Knabe – sie hatte wohl gedacht, es würde die Situation entspannen, wenn wir zu dritt wären, stattdessen war es eine höchst groteske Situation und ein eher peinliches Gespräch.« Doch inzwischen war er toleranter, fand seine Mutter originell und nur etwas kurios, jedenfalls beantwortete er ihre Briefe von nun an regelmäßiger. Vielleicht erinnerte der Tod seiner Stiefmutter Hilde ihn an die Endlichkeit, vielleicht war er altersmilde geworden – er lachte begeistert über seine eigene Formulierung –, aber vor allem wohl deshalb, weil Helen ihm ins Gewissen redete. Wirklich nähergekommen waren sie sich allerdings erst, als Mamachen sie in Toronto besuchte, mit ihrem zweiten Mann.

»Mamachen und Horst waren in Kanada?«, rief Thea verblüfft.

Sogar länger, mindestens eine Woche, es hatte viele gute Gespräche gegeben, und sicher hatte eine wichtige Rolle gespielt, dass Helen und Mamachen einander mochten, dass Helen sie sogar ein bisschen bewunderte.

»Ihre große USA-Reise«, erinnerte sich Thea leise. Wie vieles sie nicht wusste, vom Doppelleben der Aimée Maquardt. Es gab noch mehr solcher Überraschungen. Als sie Hinrich am zweiten Tag durch die Baustelle von

Mamachens ehemaliger Wohnung führte, blickte er sich stirnrunzelnd um. »Da ist nichts mehr von ihr. Ich erkenne es kaum wieder.« Sie erfuhr, dass er ihre Mutter zweimal hier besucht hatte, einmal während ihrer Fernsehzeit und noch einmal nach ihrem Schlaganfall.

»Und wo war ich da, bitte schön?«

»Keine Ahnung. Jedenfalls hatte sie es so gedreht, dass wir uns nicht begegnen konnten. Ich habe immer wieder auf sie eingeredet. Mündlich, schriftlich, telefonisch: Hast du inzwischen mit Thea geredet, du musst ihr endlich die Wahrheit sagen. Jaja, sagte sie dann, du hast ja recht, ich warte nur auf den richtigen Zeitpunkt.«

»Ich fasse es nicht!« Für einen Augenblick war Thea noch mal nach heulender Wut zumute.

»Sie hatte eine Riesenangst vor deiner Reaktion. Kann man doch verstehen, nach dem, wie es mit mir gelaufen war. Du kennst Thea nicht, sagte sie, sie ist so verletzbar, sie hat mir ohnehin ständig vorgehalten, ich hätte sie um eine richtige Familie betrogen. Laut Mutter war immer der falsche Zeitpunkt – ich kann es ihr doch nicht gerade jetzt sagen. Wo eben ihr Mann gestorben ist. Wo sie so viel Last mit mir hat, nach dem Schlaganfall! Wo es gerade ein bisschen schwierig ist zwischen uns beiden. Ich musste ihr immer wieder versprechen, die Sache nicht selbst in die Hand zu nehmen. Sie hatte fest geplant, uns an ihrem 90. Geburtstag zusammenzubringen. Doch ich musste meine Reise zwei Tage vorher abblasen, weil just da bei Helen der Hirntumor diagnostiziert wurde.«

»Wo es gerade schwierig ist zwischen uns? Das hat sie

gesagt?«, fragte Thea mit belegter Stimme, und als Hinrich bejahte, begann sie, ihm von all den schlimmen Dingen zu erzählen, die zwischen ihr und Mamachen vorgefallen waren, von der Scham und den Schuldgefühlen, die sie umtrieben.

»Einmal habe ich in dieser Zeit geträumt, dass ich Mutter mitsamt Rollstuhl über einen Klippenrand ins Meer stoße. Das Schlimmste war, dass ich danach mit großer Befriedigung aufwachte.«

Hinrich schien der Traum nicht besonders zu schockieren. »Ich glaube, auf dem Hintergrund unserer Geschichte ließ sich so ein Mutter-Tochter-Clinch gar nicht vermeiden«, meinte er, »umso besser, dass ihr eine professionelle Pflegekraft eingestellt habt, als Puffer zwischen euch, dass ihr beiden nicht miteinander allein wart.«

Thea schwieg, nachdenklich. Sie fand es sehr einfühlsam, dass er »unsere Geschichte« gesagt hatte und nicht »eure Geschichte«. Dieses Gespräch fand am letzten Abend statt, zwischen dem ersten und dem zweiten Gang ihres wunderbaren selbst gekochten Menüs. Thea war für den Salat zuständig, Hinrich für die Suppe. Danach gab es ein Rinderfilet aux fines herbes, für das weitgehend er verantwortlich zeichnete, mit Kartoffelgratin und Zuckerschoten, die wiederum Thea zubereitete. »Champagne with the soup, James«, sagte Thea, »and I think we'll have red wine with the – was heißt Rind?« Sie übte schon für Toronto. Das Dessert war eine weiße Mousse (Hinrich) mit heißen Himbeeren (Thea), gefolgt von französischem Käse. »Port with the cheese?« »Wir bleiben lieber beim Montepulciano.« Das Essen zog sich bis Mitternacht hin.

Als sie am nächsten Mittag auf dem Bahnsteig stand und seinem Zug nachwinkte, zog ihr all das durch den Kopf, was sie gern noch mit ihm beredet hätte. Was sie falsch gemacht hatte in ihrem Leben. Ob es auch Dinge gebe, die er bedauere und wenn ja welche? Wie er mit der Angst vor dem Altern umgehe oder ob er vielleicht gar keine habe? Ob er noch oft an Helen denke und wie er mit dem Alleinsein zurechtkomme? Vielleicht falle ihm auch alles leichter als ihr, weil er bestimmt nicht so viel falsch gemacht habe wie sie, immerhin könne er auf ein sehr erfolgreiches Leben zurückblicken – es kommt nicht auf den äußeren Anschein an, manches ist anders, als es scheint, hörte sie ihn antworten – immerhin hast du einen interessanten Beruf gehabt, übst ihn sogar noch aus, hast Kinder und Enkel – die mir oft genug um die Ohren hauen, wo und wie ich als Vater versagt habe und dass ich nicht der devoted grandpa bin, den sie sich wünschen – fühlst du dich trotzdem auch manchmal einsam und hast Angst vor dem, was noch kommen könnte? Und findest du nicht, dass es jetzt eigentlich reichlich spät ist, mit einem neuen Leben zu beginnen, zu spät für mich, meine ich, kurz vor Toresschluss, die finalen Krankheiten schon in der Warteschleife. Und so weiter und so fort.

Diese Fragen blieben fürs nächste Mal. Vielleicht, dachte Thea, als sie auf dem Rückweg vom Bahnhof, weil das Wetter immer noch schön war, auch sehr warm inzwischen, und sie noch keine Lust hatte, wieder nach Hause zurückzukehren, über den Friedhof ging, sehr wahrscheinlich sogar, dass wir gar nicht so viel miteinander gemeinsam haben, Hinrich und ich. Wir haben so andere Leben gelebt, wir leben jetzt in völlig anderen Welten, und nur unsere Familiengeschichte verbindet uns. Das trägt sicher nicht auf Dauer, es kann eigentlich gar nicht ausreichen, eine wie auch immer geartete zukünftige Verbindung herzustellen. Vermutlich würde sie sich schrecklich allein und einsam fühlen, wenn sie Hinrich in Toronto im Kreis seiner Familie wiedersah. Trotzdem war sie neugierig auf diesen Besuch.

27.

Noch einmal die Literatur

»*Hüfte oder Knie?*«, fragte Elfriede, als Irmela leicht hinkend das Zimmer betrat. Sie war heute die Letzte.

»Hüfte!«, antwortete Irmela, und dass sie die Operation nun wohl nicht mehr lange aufschieben könne.

›Hüfte oder Knie?‹ sei die derzeit gebräuchliche Begrüßungsformel in ihrer Seniorensiedlung, erläuterte derweil Elfriede aufgeräumt.

»Seniorensiedlung?«

»Wie sonst nennst du ein Viertel, wo alle vor fünfzig Jahren als junge Paare mit Kindern eingezogen sind?«, gab Elfriede zurück. »Kinder und Enkel sonstwo, die Alten in den zu groß gewordenen Häusern übergeblieben.«

Reinhild empfahl Irmela gegen ihre Hüftschmerzen das Schwimmen.

»Fibromyalgie!«, verkündete Ini bedeutungsschwer ihre jüngste Diagnose.

Thea, heute Gastgeberin beim Literaturkreis, trug gut gelaunt die Suppe herein, gewagt exotisch diesmal, Karotten und Orangen, mit Chili, Ingwer, Kokosmilch.

»Wir sind durch ganz Mexiko durch, unglaublich, diese Armut, diese sozialen Gegensätze«, erzählte Rosemarie, vorsichtig am Löffel schnüffelnd, »und das großartige kulturelle Erbe lassen sie verkommen. Ziemlich scharf«, unterbrach sie sich, an Thea gewandt.

»Himmlisch scharf«, korrigierte Norgard.

»Thea hat ein neues Kleid«, bemerkte Lisa. »Der Sommer ist ausgebrochen. Alles für den Bruder?«

»Steht dir gut.«

»Eine veritable Fibromyalgie«, wiederholte Ini nachdrücklich, »also doch nicht die Spätfolgen der Borreliose. Das ist ein chronischer, nichtentzündlicher, diffuser Schmerz, erklärt die Erschöpfungszustände, meine steifen Glieder, die Schmerzen in den Gelenken.«

Irmela flüsterte, Suppe löffelnd, mit Reinhild. Sie hatte, hinter dem Rücken von Julian und gegen seinen erklärten Willen, Kontakt mit seiner Ex-Freundin, der Mutter ihrer neugeborenen Enkelin, aufgenommen, ihr Hilfe und Unterstützung angeboten, die die dankbar entgegennahm. »Demnächst ein Großmutternachmittag in der Woche, während sie Besorgungen macht. Die Kleine ist ein so wonniges Kind!« Sie lächelte beseelt vor sich hin. »Thea, deine Suppe wärmt wunderbar! Nanu – und was kommt da?« Als Hauptgericht servierte Thea türkisches Lammcurry an Couscous, mit getrockneten Aprikosen und Knoblauch. »Irgendwie kochst du ganz anders als früher.«

»Ihre Mama liebte die Schärfe nicht«, erläuterte Lisa süffisant.

Ini verglich die Symptome der Fibromyalgie mit denen anderer Krankheiten, das Fatigue-Syndrom, zum Beispiel. Reinhild schimpfte über »die Hängebojen« – ein Ausdruck ihrer Kinder, den Irmela frauenfeindlich fand. Eine gewisse Sorte dicker, sehr lauter alter Frauen, die beim

Frühschwimmen das halbe Schwimmbad blockierten, weil sie ununterbrochen miteinander redeten, während sie furchtbar langsam Seite an Seite ihre Bahnen zogen.

»Wir sollten allmählich mal anfangen.« Diesmal ging es um Irene Disches Geschichte »Der Doktor braucht ein Heim«.

»Hat mich nicht im Geringsten interessiert«, murrte Lisa.

»Immerhin geschrieben zu einer Zeit, als Alzheimer noch nicht in aller Munde war.« Kein Roman, sondern eine längere Erzählung; vermutlich hatte vor allem ihr schmaler Umfang einige der anwesenden Damen für diese Lektüre eingenommen.

»Jetzt ist aber erst mal Schluss mit Büchern über Alter, Krankheit und Demenz«, beschwerte sich ausgerechnet Ini.

»Was wirst du denn zum nächsten Mal vorschlagen, Thea?«

»Ich dachte an Alice Munro, ›Der Traum meiner Mutter‹«, sagte Thea betont beiläufig, »das sind allerdings auch Erzählungen.«

»Munro? Wer soll denn das sein?«, fragte Elfriede misstrauisch.

»Eine der bekanntesten Gegenwartsautorinnen Kanadas«, erklärte Thea bescheiden.

»Nie gehört«, murrte Elfriede. »Wie wär's, wenn wir jetzt endlich anfingen. Irene Dische kennt man. Die muss man gelesen haben.«

»Aber Thea hat heute Abend noch gar nichts von sich erzählt«, erinnerte Norgard. Sie wischte mit einer Serviette an dem Curryfleck auf ihrer Bluse, der dadurch erst richtig auffiel.

»Mir geht es einfach nur gut.« Thea atmete tief durch. Die Renovierungsarbeiten in der Wohnung ihrer Mutter würden in dieser Woche abgeschlossen, Laminat statt Parkett, das sei ebenso gut und weitaus billiger. Sie sagte »meine Mutter«, nicht »meine Mama«. Vielleicht würde sie die Wohnung schon zum nächsten Ersten vermieten können. Außerdem hatte sie sich endlich bei einer Walking-Gruppe angemeldet. »Und im Herbst«, schloss sie, »Anfang Oktober, fahre ich nach Kanada, meinen Bruder und seine Familie besuchen. Und wenn ich zurückkomme, werde ich hier an der Uni ein Seniorenstudium beginnen, Psychologie, ich habe mir alles schon genau angeschaut.«

Thea sonnte sich in der allgemeinen Anerkennung. Vielleicht trug zu ihrer guten Laune auch das Telefongespräch mit der jungen Journalistin bei, die vorhin, während sie kochte, angerufen hatte. Sie wollte für den »Stern« eine Geschichte über die wachsende Zahl prominenter älterer Schauspielerinnen im Fernsehen schreiben und da war ihr neben den vielen ergrauenden Tatort-Kommissarinnen natürlich auch Aimée Maquardt eingefallen.

»Allesamt reichlich jünger als Großmutter Annerose Schmidt«, hatte Thea amüsiert erwidert. »Doch Sie haben recht, meine Mutter war wirklich eine bemerkenswerte Frau. Immer gut für eine Überraschung«, fügte sie lachend hinzu. Zu ihrem eigenen Erstaunen hatte sie in ein Interview eingewilligt.

Warum eigentlich nicht?

Große Romane im kleinen Format
– die Geschenkbuchreihe

Jetta Carleton
Wenn die Mondblumen
blühen

Katharina Hagena
Der Geschmack
von Apfelkernen

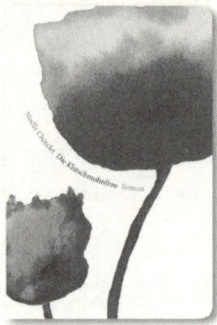

Noëlle Châtelet
Die Klatschmohnfrau

Monika Peetz
Die Dienstagsfrauen

Renate Feyl
Die profanen Stunden
des Glücks

Herrad Schenk
In der Badewanne

Alle Titel in bedrucktem Leinen
mit Lesebändchen